KB042872

Maze Hunter

메이즈 헌터 3

초판 1쇄 인쇄일 2015년 9월 21일 | **초판 1쇄 발행일** 2015년 9월 23일

지은이 이한빈 | **펴낸이** 곽중열 | **담당편집 팀장** 이범수
편집부 신연제 이유아 김호성 김은경

펴낸곳 (주)조은세상 | **출판등록** 제 2002-23호
주소 경기도 연천군 미산면 청정로 1355
TEL 편집부 02)587-2966 | FAX 02)587-2922
e-mail bukdu@comics21c.co.kr

ISBN 979-11-5832-248-9 | ISBN 979-11-5832-245-8(set) | 값 8,000원

이한빈 퓨전 판타지 장편소설

NEO FUSION FANTASY STORY & ADVENTURE

메이즈
헌터

Maze Hunter

③

북두
(주)조은세상

CONTENTS

NEO FUSION FANTASY STORY & ADVANTURE

Maze Hunter
메이즈헌터

NEO MODERN FANTASY STORY & ADVANTURE

네이크
헌터

Maze Hunter

1

특별지대.

미궁 지하에 있는 이 도시는 이상한 점이 한 두 가지가 아니었다. 창밖으로 보이는 도시민들의 생활은 평범하기 그지없었지만 뭔지 모를 위화감이 감돌고 있었다.

"그냥 엘프처럼 나이를 안 먹는 종족이라고 생각하면 되지 않을까요? 충인도 있는데 뭐."

천화가 최대한 긍정적으로 생각하려 노력했다. 하지만 그렇게 말하고는 이내 다시 고민을 하더니 말했다.

"음, 그러면 그 에이카라는 분에 대한 의문점이 풀리지 않네요."

"아무런 근거도 없이 생각해봤자 나오는 건 없어."

혼이 말하며 다테를 쳐다봤다. 다테는 시선을 피하다가 항복하듯 두 손을 들며 말했다.

"알았다고, 알았어. 뭘 원해?"

"정찰."

혼은 창밖을 쳐다봤다. 도시의 중앙에는 천정과 맞닿는 거대한 탑이 하나 세워져 있었다. 안으로 사람들이 드나드는 것을 보면 장식은 아니었다. 도시를 둘러보아도 밖으로, 지상으로 나갈 수 있는 곳은 저 탑을 통하는 길 밖에는 없는 것 같았다.

"저 탑을 정찰해줬으면 좋겠어."

"나 같은 아저씨가 밖으로 나가면 완전 티 날 텐데. 정찰이 되겠어?"

"사람들이 우리를 대하는 표정을 보니까 말이야."

혼은 호텔을 알려줬던 남자의 표정을 다시금 되짚어보았다. 반가움, 기대, 호의적 미소, 다 잡은 사냥감을 보는 안심한 눈빛.

마지막 감정이 마음에 걸리긴 했지만 당장 위협을 하지 않은 것이라 단정할 수 있었다. 다테가 탑으로 다가갈 경우 제지를 하든, 그냥 들어가게 놔두든 한 가지 행동을 취할 것이다.

탑으로 못 들어오게 막을 경우가 더욱 더 일이 쉬워진다. 외부인을 받지 않는다는 것은 그만큼 중요한 곳이라는 뜻이고 그렇다면 혼이 탑으로 몰래 들어가 정보를 빼내오면 된다. 만약 저지하지 않는다면? 안타깝게도 꽝이라는 소리다. 다른 곳을 찾아보는 수밖에.

"그럼 나 혼자 갔다 와?"

"그래야지. 천화는 할 일이 있어."

"시켜만 주세요."

천화가 두 손을 불끈 쥐며 말했다. 혼은 비장하게 말했다.

"도시를 전부 외워. 산책 다니란 소리야."

천화는 고개를 끄덕였다. 확실히 산책을 다니는 것만으로도 천화는 도시의 구조를 전부 외울 수 있었다. 만약의 사태가 벌어졌을 때 그것은 엄청난 힘이 될 것이다.

"그리고 나는 저 놈들 좀 보고 와야겠다."

혼은 엘리아의 길드를 봐둘 생각이었다. 어찌됐건 특별지대로 떨어진 이상 혼과 그들은 운명공동체가 된 것이었다. 그 꼬마는 딱 봐도 생각이 없는 타입이었다. 사이코 중에 사이코. 상식이 통하지 않는 상대.

그렇다면 지금부터 변수를 줄일 필요가 있었다.

"자, 빨리 빨리 움직여."

다테와 천화가 밖으로 나가고 혼은 엘리아의 방으로 향했다. 모퉁이를 돌면 방이 딱 3개가 있었기 때문에 찾는 것도 쉬웠다. 혼은 그 중에 아무 방이나 대고 노크를 했다.

루시오가 문을 열고 나와 혼을 보고는 한숨을 내쉬었다. 혼은 무표정하게 서 있다가 안을 보며 말했다.

"안에 모여 있는 거 같은데. 들어가서 말해도 될까?"

"댁도 참 어렵게 사네."

루시오는 신경질적으로 머리를 긁적였다. 엘리아는 혼을 자신과 동류라고 불렀다. 엘리아가 혼을 신경 쓰는 것만큼 혼도 엘리아를 신경 쓰고 있는 것이었다. 물론 호의적인 감정으로 신경을 쓰는 것은 아니었다.

그렇다면 좀 피해주기를 바랄 뿐이었다. 하지만 이 남자는 몇 분도 되지 않아 부딪히러 왔다.

"호텔 직원한테 깨질 일만 남았군."

루시오는 손을 까닥거리고는 안으로 들어갔다. 안에는 엘리아가 눈을 동그랗게 뜬 채 혼을 노려보고 있었다.

"우~와~. 이렇게 빨리 올 줄은 몰랐는데."

엘리아는 소파등받이 위에 앉아 있다가 점프를 뛰며 혼의 앞에 섰다. 180이 넘는 혼과 150 중반의 엘리아가 붙어 있자 마치 조카와 삼촌이 서 있는 것만 같았다.

"키도 크네."

"할 말이 있어서 왔다."

혼은 엘리아를 무시하고 소파에 가서 앉았다. 식탁 의
자에 앉아 있던 헥터는 벌떡 일어나 도망칠 채비를 했다.
혼이 문제가 아니었다. 이놈의 엘리아가 또 무슨 짓을 저
지를지 모르기 때문이다.

엘리아는 혼의 옆으로 가 앉고는 눈을 밝혔다.

"뭔 얘기인데? 뭔 얘기인데~?"

"한 가지만 알려주마. 특별지대에 오래 있으면 유령이
된다고 한다. 알고 있었나?"

혼이 말하자 루시오와 헥터가 서로를 쳐다보며 고개를
절래 흔들었다.

"아니, 넌 그걸 어떻게 알았지?"

"원래는 인간이었던 유령이 알려줬다."

루시오는 고민하기 시작했다. 저 말을 믿을까 말까. 루
시오는 조금 더 혼의 말을 들어보기로 했다.

"우리는 이 특별지대에서 빠져 나갈 방법을 찾고 있다.
어차피 너희들도 빠져나갈 수 있는 방법은 모를 거 같은
데. 협력해라."

혼의 제안은 단순했다. 같은 곤경에 처한 사람들끼리
협력해서 문제를 풀어나가자는 것이었다. 루시오는 혼을
의심하는 것으로 생각을 시작했다. 미궁에서 다른 사람의
말을 곧이곧대로 듣는 사람은 이미 시체가 되었거나, 곧
시체가 될 놈들뿐이었다.

하지만 혼의 제안에서 제노사이드 길드가 위험에 빠질 일은 거의 없었다. 협력을 하자고 했지 무슨 일을 해달라고 말한 것은 아니기 때문이다. 아무리 생각해도 함정은 있을 수가 없다. 정보가 거짓이라 하더라도 특별지대를 빠져나가야 하는 것은 매한가지였다.

루시오는 판단을 내리고 대답했다.

"좋아."

"그럼 불가침이다. 위협도 하지 마."

혼은 엘리아를 쳐다보며 말했다.

"안 돼! 싫어! 재미없단 말이야. 루시오, 다시 생각해 봐."

"엘리아. 뭐든지 싸운다고 좋은 건 아니야. 이미 저 남자는 우리보다 정보가 많아. 협력해서 이득을 보는 것은 우리다."

"아따 큰 일 나는 줄 알았네. 이 형씨가 너무 비장하게 들어와서 난리 나는 거 아닌가했는데 말이야."

헥터는 긴장을 풀고 웃으며 말했다. 혼은 엘리아에게 다시 물었다.

"서로 싸우지 않는다. 그리고 정보는 공유한다. 이게 전부다."

"우우~~."

엘리아는 볼을 부풀리며 토라졌다.

"걱정 마. 내가 어떻게든 컨트롤하지."

"고맙군."

얘기가 끝나자마자 혼은 벌떡 일어나 문 쪽으로 나갔다. 혼은 루시오에게 귓속말로 말했다.

"야수를 키우고 있군."

"귀여운 야수지."

루시오는 씩 웃고는 말했다.

"이름은?"

"혼이다."

"나는 루시오, 여기 꼬마는 엘리아. 그리고 이놈은 헥터다."

혼은 고개를 살짝 끄덕이고는 밖으로 나갔다. 헥터는 혼이 나가자마자 의자에 털썩 주저앉았다.

"멘~ 정말 저 인간도 살기 장난 아니구먼."

"특별한 인간이지. 엘리아처럼."

루시오는 혼이 나간 문을 바라봤다. 하필이면 저런 거랑 같은 지대에 있다니. 루시오는 생각이 복잡해져 머리를 긁적이고는 식탁에 놓인 맥주를 들이켰다.

❖

하염없이 걷던 다테는 탑에 도착했다. 탑으로는 수많은

사람들이 들어가고 있었다. 딱히 경비병이나 짐을 검사하는 검문소 같은 것도 없는 듯싶었다. 단순하게 마을회관 같은 역할일5까?

"어쩌겠냐. 까라면 까야지."

다테는 그렇게 중얼거리며 탑 안으로 들어갔다.

1층은 쇼핑매장들이 들어선 곳이었다. 모든 것이 현대식이라 다테는 순간 지구로 돌아온 것만 같은 착각에 빠졌다. 다테는 사방을 둘러보다가 정신을 차리고는 층 안내가 적힌 패널로 걸어갔다.

"그러니까, 2층은 아동매장, 3층은 주방도구, 4층은……."

다테는 층 안내를 보고는 머리를 긁적였다.

"망할, 이거 진짜 쇼핑센터 아니야?"

혼의 예상은 보기 좋게 빗나간 것이다. 물론 랜드 마크라고 할 수 있을 정도로 눈에 띄는 건물이긴 했지만 중요한 것은 아닌 듯싶었다.

다테는 이대로 나가버릴까 생각을 하다 고개를 돌려 다시 층 안내도를 보았다.

"6층이 끝이야?"

층 안내도에는 6층까지밖에 나와 있지 않았다. 탑은 얼핏 보더라도 10층은 넘어 보였다. 그렇다면 그 위의 층에서는 무슨 일을 하고 있다는 것일까?

단순하게 생각하면 사무실이거나 창고일 것이다. 보통의 백화점은 그렇지 않지만 다목적 빌딩일 경우 그런 경우도 많았다. 하지만 다테는 확인을 해야 했다. 혼에게 가서 층 안내도를 봤더니 백화점이라 그냥 왔다라고 말할 수는 없지 않은가.

"그럼 뭐. 어쩔 수 없지."

엘리베이터로 올라갈 수 있는 최상층은 6층이었다. 어떻게 가동되는지는 모르겠다만 전구나 네온사인까지 있는 걸 보면 전기를 대체하는 에너지도 있는 모양이었다. 다테는 6층을 둘러보는 척 위로 올라가는 계단을 살폈다.

한, 두 명의 사람들이 계단의 문을 열고 올라가는 것이 보였다. 홍채인식을 통해 문이 열리는 듯싶었다.

"망할 오래 있지도 못할 거 같은데."

다테는 남자속옷을 보고, 다시 힐끗 계단을 보는 것을 반복했다. 6층은 속옷매장이었다. 남자속옷을 계속 보고 있는 것도 짜증나는 일이었고, 그렇다고 여자속옷을 보고 있을 수는 없었다. 무엇보다 손님들도 꽤 있다.

문에는 눈에 띄는 다른 방범장치가 되어 있지 않았다. 경비 같은 것도 없었고, 단순히 두꺼운 철문에 이상한 마법진이 그려져 있을 뿐이었다. 마법진의 용도가 무엇인지는 확신할 수 없었지만 혼의 신속이나, 다테의 강화주먹으로 박살낼 수 있을 것만 같았다.

"일단 가서 말해야하나."

더 이상의 정찰은 위험을 감수해야 했다. 뒷일을 위해서라도 일단 알아낸 것을 혼에게 말할 필요가 있었다.

다테는 손에 든 호피무늬 팬티를 들고 카운터로 향했다. 이렇게 오랫동안 돌아다녀놓고 아무것도 사가지 않는다면 이상한 의심을 받을 수도 있었다. 조심하자는 의미로 혼에게 줄 선물이나 사는 것이었다.

계산대로 가는 다테의 시야에 무장을 한 세 남자가 들어왔다. 다테는 미간을 찌푸렸다.

"아, 귀찮아질 거 같은 예감이 든다. 들어."

저렇게 대놓고 무장한 남자들이 백화점에 들어온 이유는 아마도 딱 하나일 것이다. 누군가를 잡으러 온 것이겠지. 다테가 있는 6층에는 특별히 수상한 사람이 존재하지 않았다. 아니, 수상한 사람이라고는 호피 무늬 팬티를 30분간 쳐다보다가 고른 다테 뿐일 것이다.

'그것 때문은 아닐 테고.'

다테는 자신에게 다가오는 남자들을 보며 표정을 활짝 폈다.

"수고가 많으십니다."

남자들은 다테의 앞에 서서 서로 수군거렸다. 다테는 최대한 심기를 거스르지 않게끔 웃는 얼굴로 있다가 자연스럽게 카운터의 여자에게 말했다.

"얼마죠?"

여자는 빙긋 웃을 뿐 대답하지 않았다. 카운터의 여자의 반응으로 볼 때 이 남자들이 속옷을 사러 자주 오는 것 같지는 않았다. 그렇다면 100% 다테를 찾아온 것이었다. 약간의 어색함이 감돌 때 남자가 말했다.

"실례한다. 혹시 오늘 도시로 들어온 워커인가?"

"그렇다면?"

다테는 마른 입술을 적시며 대답했다. 갑옷을 입은 남자들은 서로를 바라보며 고개를 끄덕인 뒤 말했다.

"그럼 우리와 함께 가 줬으면 한다?"

"왜지?"

다테는 바로 반문했다. 누가 봐도 수상하다. 아니, 길을 걷다가 이런 사람들이 와서 도시가 처음이냐? 처음이면 우리와 함께 가서 뭘 해야 한다. 뭐 그런 식으로 말했다면 수상할게 없다. 하지만 여긴 백화점 6층이다. 길 가다가 우연히 만난 경찰이 아니라는 소리다.

이건 노리고 들어왔다. 다테가 이 백화점에 있다는 것을 알고 들어온 것이다. 그 이유는 아마도 도망칠 공간이 없기 때문일 것이다.

여기서 다테가 선택할 수 있는 수는 단 하나다. 그냥 이들과 함께 가는 것이다. 조금의 위화감은 기분 탓일 수도 있지 않은가.

'하지만 여긴 미궁이지.'

다테는 식은땀을 흘렸다. 유령 에이카의 경고가 떠올랐다. 다테는 최대한 능청스럽게 말했다.

"아, 내 동료가 말이야. 방금 샤워를 했는데 팬티가 없다네. 그래서 지금 사러 나왔는데…….."

"같이 가지 않으면 책임을 질 수 없다."

남자는 눈을 부라리며 말했다. 장황하게 설명을 하던 다테는 민망함에 어깨를 으쓱하며 대답했다.

"급할 거 없잖아. 내가 무슨 범죄를 저지른 것도 아니고. 그럼 동료한테 말하고 가지. 기다리고 있을 텐데 걱정시키는 건 싫거든."

"오래 걸리지 않는다."

남자들은 고집을 꺾지 않았다. 다테는 선택을 내릴 수밖에 없었다. 이대로 이들과 같이 가는가, 아니면 혼에게 보고를 하러 가는가.

'보고하자.'

다테는 다시 카운터로 고개를 돌렸다.

"그래서 이건 얼마라고?"

"아무래도 그냥 따라가시는 것이…….."

다테는 인상을 썼다. 이 여자가 하는 말을 들어보면 이런 급작스런 연행이 한두 번 있었던 것이 아닌 듯싶었다.

다테는 카운터를 쿵 치며 말했다.

"그럼 공짜인 줄 알고 그냥 가져가지."

"시간 없다."

세 남자는 다테에게 재촉을 하며 걸어왔다. 다테는 양 손을 번쩍 들고 뒤로 물러났다.

"에헤이~. 내 털끝이라도 건드려봐. 아주."

"제압해."

지금까지 다테에게 말을 했던 중앙의 남자가 양 옆의 남자에게 지시했다. 그러자 두 남자가 주먹을 쥐고 앞으로 걸어 나왔다. 허리춤에 끼어진 검을 빼들지 않는 것만으로도 다테는 저들이 자신을 죽일 생각이 없다는 것을 알아차렸다.

'그럼 훨씬 더 쉽지.'

죽이는 것은 쉽다. 배고, 목이고, 얼굴이고 생각 없이 찌르고 베면 사람은 죽기 마련이다. 하지만 죽이지 않고 제압하기 위해서는 급소나 목 같은 치명적인 곳을 피해가며 공격을 해야 했다.

그에 비해 다테는? 다테 또한 이들을 죽이지 않고 제압하는 편이 훗날을 생각하면 더 좋다. 살인자와 폭행범의 죄질은 어느 사회건 다를 수밖에 없으니까. 그러나 상황이 여의치 않을 경우에는 사정 봐주지 않아도 된다.

"맹수화."

다테는 양 주먹을 맞부딪히며 말했다. 그러자 마치 목도리처럼 목에서 갈기가 솟아나고 양 발과 양 손이 사자의 것처럼 변했다. 퍼스트 마스터로서 얻은 능력. 사자의 장점을 전부 가지고 온 변이능력이었다.

"덤빌 테면 덤벼봐."

다테는 이를 갈며 말했다. 남자들은 별로 놀란 기색이 아니었다. 반대편의 미로에 있는 워커들 대부분은 퍼스트 마스터를 달성한 자들이다. 이 특별지대에 들어온 워커들 또한 그럴 것이다.

남자들은 당황하지 않았다. 오히려 변수가 거의 없고, 외견으로 능력을 짐작할 수 있는 변이 능력자라 안심한 표정이었다.

"손님들 피해가 가지 않게 빨리 제압해라."

"알겠습니다."

두 남자가 고개를 끄덕이고 다테에게로 달려들었다. 다테의 오른손에는 불 화(火)자가, 그리고 왼손에는 풍(風)이 쓰여 있었다. 다테가 먼저 달려온 남자의 주먹을 피하며 오른손을 뻗자 다테의 주먹 끝이 폭발했다.

남자는 폭염에 휩싸여 벽으로 날아가 박혔다. 남자가 입고 있던 반짝이는 은색 갑옷이 녹아내릴 정도로 엄청난 온도였다.

"크윽!"

남자는 신음소리를 내며 그대로 고꾸라졌다. 그와 동시에 남은 한 놈이 이를 악물고 달려들었다. 다테는 슬쩍 주먹을 피하며 이번에는 풍(風)이 써진 주먹으로 놈의 옆구리를 쳤다.

주먹이 옆구리를 치기도 전에 바람이 불어 놈을 백화점 천장에 꽂아 넣었다. 다테는 곧바로 백화점 중앙의 빈 공간으로 달려가 뛰어내렸다.

'6층이지만 어쩔 수 없지.'

다테는 장식으로 만들어놓은 중앙에 기둥에 손톱을 박아 넣어 낙하속도를 늦추었다. 백화점에서 쇼핑을 하고 있던 사람들의 모든 이목이 다테에게 쏠렸다. 1층에 도착한 다테는 달려드는 세큐리티를 전부 쳐내고 밖으로 나갔다.

'망할, 어떻게 돌아가는 거야?'

타워 밖으로 나온 다테는 거친 숨을 내쉬며 잠깐의 여유를 가졌다. 아직 추격자는 보이지 않았다.

'내가 여기 있는 걸 어떻게 알았지?'

다테는 놈들이 자신을 미행했다는 것을 알 수 있었다. 자신만 미행했을 리는 없고 분명 혼과 천화에게도 누군가가 붙어 있었을 것이다.

혼은 걱정할 필요가 없다. 각성은 다테보다 더 적게 했지만 그의 강함은 다테를 초월했다.

문제는 천화였다. 천화가 싸우는 모습은 본 적이 없었다. 반대편의 미로까지 살아온 실력자고, 코디에게서 도망친 전적도 있으니 약하다고 생각할 수는 없었지만 걱정이 되는 것은 어쩔 수 없었다.

"제길."

다테는 호텔로 돌아가기보다는 천화를 찾자는 생각을 했다. 넓은 도시에서 천화를 찾는 것은 쉽지 않겠지만 그렇다고 손가락만 빨고 있을 수는 없다.

다테는 땅을 박차고 뛰어올랐다.

❖

천화는 혼의 명령대로 골목길부터 큰 길까지, 전부 머리에 쑤셔 넣기 위해 사방을 두리번거리며 걷고 있었다. 하양이는 천화의 머리위에 올라와 잠을 자고 있었다. 천화는 하양이를 억지로 들어서 주머니에 넣으면 깰 거 같기도 했고, 특별히 사람들도 신경을 쓰지 않는 것 같아 가만히 내버려두고 있었다.

"복잡하지는 않아서 좋네."

도시는 바둑판처럼 배열되어 있었다. 골목길이 몇 개 보였지만 전부 막힌 길이었기 때문에 딱히 신경 쓸 필요가 없을 듯싶었다. 숨을 곳이 없다는 것은 무슨 일이 일어날지 모르는 현 상황에는 별로 좋은 일이 아니었지만 머릿속에 지도를 만들기에는 편했다.

"뀨응."

하양이가 머리 위에서 작게 울었다. 천화는 눈을 위로 올려보며 손을 내밀었다. 하양이는 손바닥 위로 뛰어내리더니 어느 한곳을 보며 다시 울었다.

"뀨응."

천화의 시선이 하양이가 바라보고 있는 곳으로 옮겨갔다. 번쩍번쩍한 황금갑옷을 입은 남자들이 우르르 몰려오고 있었다. 언뜻 보아도 그 수가 10은 넘어가는 것만 같았다. 천화는 긴장해서 바싹 마른 아랫입술을 살짝 깨물었다.

"나보고 오는 거 같지? 그지 하양아?"

전투준비를 완전히 마치고 나온 듯한 모습이었다. 이미 검을 뽑은 놈들도 몇몇 보였다. 그들은 살기를 전혀 숨기려 하지 않았다.

천화는 왼손에 수호설을, 오른손에는 장검을 꺼내들었다. 병사들은 천화의 사거리 밖에서 멈춰서며 말했다.

"가만히 따라오기를 바란다."

아무리 사람 좋은 천화라 하더라도 네, 알겠습니다~

하며 따라갈 상황이 아니었다. 흡사 납치범들이 다치기 싫으면 알아서 차에 타라고 하는 것과 같은 것이다.

"싫다면요?"

천화가 한걸음 뒤로 빼며 말했다. 그러자 병사들이 약속이라도 한듯 한 걸음 앞으로 나왔다. 가장 선두에 선 까무잡잡한, 그러나 다른 이들과 마찬가지로 미형의 남자가 말했다.

"그럼 힘으로 데려가는 수밖에."

'처음부터 그러던지.'

천화는 짜증이 치밀어 올라 눈가를 씰룩거리며 수호설을 발동했다. 주변 사람들은 당황하지도 않고 뒤로 물러서 천화를 구경하고 있었다.

병사들 중 하나가 튀어나오더니 크게 검을 휘둘렀다. 천화는 수호설로 막아내며 다른 녀석들을 쳐다봤다.

"우와와!"

구경꾼들이 소리를 질렀다. 병사의 일격은 신체각성을 한 워커들의 파워보다 강하면 강하지 약하지 않았다. 사람을 반으로 갈라버릴 수도 있는 공격이라는 것이다. 그런데 환호성? 누군가가 아무 이유 없이 공격을 당하는데 환호성이라니.

생각해보면 병사들이 나타났을 때도 시민들은 전혀 당황하지 않았다. 오히려 올 것이 왔다는 듯 담담했다. 게다가 지금은 열렬하게 병사들을 응원하고 있었다.

물론 도시민들이 도시의 병사들을 응원하는 것은 당연하다. 그러나 그들의 응원에는 광기가 서려 있었다. 마치 먹잇감을 발견한 식인종들처럼, 무슨 의식인 것처럼 천화가 공격당하는 것을 지켜보고 있었다.

소름이 돋는다. 천화는 병사의 검을 쳐내며 외쳤다.

"하양아! 들어와."

하양이는 이미 천화의 가슴주머니 안으로 들어간 상태였다. 천화는 뒤도 돌아보지 않고 달렸다. 일단 저 병사들을 끌고 가는 한이 있더라도 혼에게 가야만 했다.

"비켜!"

천화는 허공에 검을 휘둘렀다. 시민들은 깜짝 놀라며 옆으로 비켜섰다.

"쳇."

까무잡잡한 피부의 남자가 혀를 찼다.

"내가 잡아온다. 너희는 저년이 일행과 합류하지 못하게 길을 막아라."

"알겠습니다."

천화는 최대한 추격자들을 따돌리기 위해 길을 뱅뱅 돌며 호텔로 향했다. 어느 정도 달리다보니 뒤 따라오는 자는 없는 것처럼 보였다. 천화는 멈춰 서서 숨을 고르고 하양이를 확인했다. 하양이도 이제 안전해졌는지 확인하려는 듯 주머니 밖으로 고개를 내밀었다.

"따돌린 거 같지?"

"뀨웅."

하양이는 말을 알아듣는 듯이 고개를 끄덕였다. 그때였다, 하늘에서 이글거리는 불덩이가 천화를 향해 날아왔다. 천화는 급히 수호설을 발동시켜 막았다.

"워커 따위가 감히 나의 공격을 막다니."

까무잡잡한 피부의 남자가 지붕 위에서 뛰어내렸다. 남자는 천화를 노려보면서 말했다.

"백령을 가지고 여기까지 온 것은 너무나도 고맙다. 인사를 하지."

백령이라면 하양이를 뜻하는 것이었다. 푸른 혈석을 품고 있다는 희귀생명체. 이들은 특별지대의 사는 이들에게도 훌륭한 에너지 공급원이었다.

"고맙다고요?"

"그래. 우리 힙시들에게는 그 어떤 것보다 가치가 높은 것이지."

"하하하, 고마우면 좀 상냥하게 좀 해주시지."

힙시는 이 특별지대에 사는 사람들을 일컫는 말이었다. 인간들이 지은 종족명이 아닌 스스로 지은 종족명이기 때문에 충인 때처럼 이름으로 이들의 능력을 알아낼 수는 없었다.

천화는 정신적으로 큰 피해를 입었다. 수호설로 몸을 지켰지만 이 힙시가 쏜 불덩이는 예전에 만났던 용두라는 오버로드에 필적하는 위력을 가지고 있었다.

천화는 정신을 바로 잡고 수호설의 보호막을 강화시켰다.

"걱정 마, 걱정 마. 네가 막을 수 있을 줄 알고 쏜 거니까."

남자는 자신만만하게 웃으며 말을 이어갔다.

"맞을 때마다 인상을 찡그리는 걸로 봐서는 데미지가 아예 없는 건 아닌 거 같고……."

남자의 팔이 불꽃으로 변했다. 말 그대로 불꽃이 팔의 형상을 하고 있는 것처럼 변한 것이다. 남자의 손에는 동그란 불덩이가 모였고, 남자는 그것을 천화에게 던졌다.

"계속 때리면 언젠가는 깨지겠지."

천화는 이를 악물었다. 불덩이는 수호설의 보호막에 닿아 터졌다. 불덩이가 하나, 하나 꽂힐 때마다 마치 유리 깨지듯 정신이 박살나는 느낌이었다. 천화는 눈을 질끈 감고 인내하고 있었다.

'이대로 가면…….'

정신력에는 한계가 존재했다. 언젠가는 수호설의 보호막이 깨진다는 소리였다. 천화의 표정이 점점 일그러지는 것에 비해 남자의 표정은 장난을 치는 것처럼 여유로웠다. 벌써부터 이 싸움의 승패가 보이는 것만 같았다.

'이제 버틸 수 없다.'

수호설의 보호막이 약해지고 있었다. 정신력이 박살나 기절해버리기 전에 도망칠 궁리를 해야만 했다.

"꽤 오래 버티는데?"

"하양이는 왜 원하는 거죠?"

푸른 혈석을 노리는 것이 당연하기 때문에 우문이라고 할 수 있었지만 이 질문으로 남자의 공격이 잠시라도 멈춘다면 정신력을 조금이라도 회복시킬 수 있었다. 남자는 천화의 노림수대로 팔을 잠시 멈추었다.

"백령만 원하는 건 아닌데?"

"그, 그럼."

"너의 몸도 원한다."

남자는 사악하게 웃었다. 몸이라면 도대체 뭘 말하는 것인가. 정말 그 성적인 의미로 몸인 것인가? 아니면 다른 의미로 몸인 것인가. 천화가 잠시 혼란스러워 하는 사이 공격은 다시 진행되었다.

'제길, 이제는 그냥 도망을 쳐야⋯⋯.'

남자는 처음부터 말했던 대로 천화를 죽일 생각이 없는 것처럼 보였다. 그렇다면 순간적으로 보호막을 풀고 도망친다면 원거리에서 불덩이를 던질 수는 없지 않을까? 왜?

몸을 원한다고 했는데 그 몸이 타버리면 남자도 유감일 테니까.

"도망칠 생각이라면 그만둬라. 다른 놈들과 다르게 백령만 잡아가도 우린 충분하니까. 너 따위는 필요에 따라 죽일 수도 있다는 거지."

"크윽."

남자는 천화의 생각을 꿰뚫어보고 있었다. 남자의 말에는 거짓이 없었다. 진짜로 천화는 생포해가면 좋고, 못하더라도 어쩔 수 없는 존재인 듯싶었다.

"이제 슬슬 끝인 거 같군."

수호설이 만든 보호막에 금이 가기 시작했다. 남자는 조금 더 큰 불덩이를 냅다 집어 던졌다. 인정하긴 싫지만 저 불덩이에 맞는 순간 수호설은 박살이 날 것이다. 남자도 그것을 아는지 불덩이 뒤에 딱 붙어서 돌진하는 중이었다.

불덩이는 자비 없이 보호막을 때렸다. 수호설이 만든 보호막은 산산조각 깨졌다. 남자는 그 타이밍을 놓치지 않고 천화에게 달려들었다.

그 순간 누군가가 빠른 속도로 달려와 남자를 걷어찼다.

"괜찮나?"

다테가 부담스럽게 고개를 돌리며 말했다. 천화는 맹수

화가 되어 있는 다테의 모습에 깜짝 놀라 살짝 뒷걸음질
치며 고개를 끄덕였다.

"네, 괜찮은데. 다테 씨는 왜 여기에?"

"그, 그게. 지, 지나가는 길에 소란스러워서."

걱정돼서 왔다는 말은 뭔가 쑥스러워 말할 수 없었다.
하지만 다테가 정찰해야 하는 탑과 지금 천화가 있는 곳
은 완전 반대에 위치해 있었다. 다테가 민망한 얼굴로 볼
을 긁적일 때 천화가 급하게 말했다.

"빨리 도망치죠."

"그래야지."

"도망을 치겠다고?"

남자가 뚫고 날아간 벽에서 불기둥이 솟아올랐다. 다테
는 천화의 어깨를 잡아 밀며 앞으로 도약했다. 두 사람이
넘어져 있는 사이 남자가 걸어 나왔다.

"아, 너무 논거 같구나."

남자의 전신이 불꽃으로 변해 있었다. 이글거리는 머리
카락과 팔. 두 다리는 사라져 몸통만이 공중에 떠 있었고
가슴과 어깨에서 튀어나오는 불똥이 사방에 떨어지고 있
었다. 남자와 이 불꽃생명체가 같은 사람이라는 것은 오
로지 살짝 남아있는 얼굴로만 인지할 수 있었다.

"이건 뭐야?"

"불을 던지는 능력자인건 확실해요."

"그래, 생긴 게 그렇게 생기긴 했네."

다테는 얼음의 능력을 오른손에 넣었다. 빙(氷)이라는 글자가 적힘과 동시에 다테는 주먹을 내질렀다. 만약의 불의 능력자라면 얼음이나 물에 약할 것임이 분명하기 때문이다.

다테의 주먹에서 한기가 나오며 남자를 덮쳤다. 골목길을 감싸고 있는 담장들마저 얼어붙을 만큼의 위력이었다. 그럼에도 남자는 코웃음을 치며 말했다.

"이게 전부인가?"

그의 불꽃은 예전처럼, 아니, 전보다 더 활활 탔다. 다테는 이 남자가 평범한 놈은 아니라는 사실을 알아차렸다. 탑에서 한방에 날려버렸던 녀석들과는 다르다. 십중팔구 이 지역의 간부나 혹은 장군.

"넌 먼저 가라. 가서 혼 데려와."

수호설이 부서진 시점에서 천화에게 전투력을 기대하기는 힘들었다. 초재생이라는 사기적인 능력을 가지고 있었지만 그것은 방어적인 능력일 뿐이었다.

물론 시간을 벌기에는 더 좋은 능력일수도 있다. 허나 전투력은 다테가 단연 위였다. 각성만 하더라도 다테는 듀얼 마스터. 전투요원으로서는 다테가 남는 것이 합리적이고 옳은 판단이다.

"그럼 그렇게 할게요. 절대 죽지 마세요."

천화의 말에 다테는 고개를 끄덕였다. 천화 또한 결정이 빨랐다. 수호설로 보호막을 만들어봤자 지금의 정신력으로는 2,3번을 버티기 힘들었다. 자신이 다테를 돕는 것보다 혼을 불러오는 쪽이 둘 다 살 가능성이 높았다.

다테는 한손에는 빙(氷)을, 다른 손에는 수(水)를 쓴 뒤 남자와 대치했다. 남자는 멀어져가는 천화를 보았지만 따라가지는 않았다.

"너를 무시하고 갈 수 있을 거 같지는 않군."

"뭐야? 잘 아네."

다테는 담배를 꺼내 물었다.

"이 앞으로는 한발자국도 못 간다."

다테가 의미심장하게 폼을 잡을 때 남자가 씩 웃으며 고개를 끄덕였다.

"그래, 한 발자국도 갈 필요가 없지."

그 순간 지붕위로 사람의 발소리가 들렸다. 다테는 고개를 휙 올려 하늘을 쳐다보았다. 수십 명의 힙시들이 천화가 간 쪽으로 빠르게 이동 중이었다.

"지원군은 우리 쪽에도 있어서 말이야."

남자는 손을 높게 들었다.

"찾으러 갈 수고를 덜게 해줘서 고맙다."

혼이 묵고 있던 호텔은 반파되어 있었다. 옆구리가 뻥 뚫려 있었고, 그 안과 밖으로 시체가 너저분하게 널려 있었다. 혼과 제노사이드 길드의 셋은 호텔 밖에 모여 머리를 맞대고 있었다.

"저렇게 난리피울 필요는 없지 않았어?"

"이 엘리아님에게 덤비면 어떻게 되는지를 보여줬을 뿐이거든! 나 잘못한 거 없다. 그지 루시오?"

"아니, 잘못했어. 이제 완전 테러리스트로 찍히는 일만 남았네."

루시오는 머리를 부여잡고 있었다. 호텔 주변으로는 경찰로 보이는 무장한 힙시들로 가득했다. 혼은 가만히 생각을 하다 말했다.

"나는 가볼 곳이 있어서 일단 움직이겠다. 일이 다 끝나고 한 3시간 뒤에 우리가 떨어졌던 장소에서 만나자."

"알았다."

"나 참, 그냥 저거 싸그리 다 죽여도 될 거 같은데? 하나 잡고 고문해서 여기를 나가는 법을 불라고 하면 되는 거 아니야?"

엘리아는 진지하게 헛소리를 하고 있었다. 방금 호텔을 습격한 힙시들의 합류속도는 굉장했다. 엘리아가 벽과 함께 모든 습격자들을 날려버리고 10초도 안되어 새로운 병력이 합류했으니까.

만약 루시오가 엘리아를 잡아끌고 숨지 않았다면 지금까지도 싸우고 있지 않았을까.

루시오와 헥터는 엘리아를 말리며 사라졌다. 혼은 일단 천화를 찾기로 했다. 호텔만 습격했다는 보장이 없었다. 다테도 위험한 상황이었지만 중요도로 따질 때 천화와 다테는 급이 달랐다.

'알아서 살겠지.'

아무리 빠르다 하더라도 혼의 몸은 한 개였다. 전투능력이 더 좋은 다테는 혼자 살아나오는 수밖에 방법이 없었다.

예상대로 천화가 있는 곳을 찾는 것은 어렵지 않았다. 현장은 보이지 않아도 폭발소리가 혼에게 방향을 가르쳐주고 있었다. 날아가듯이 현장에 도착한 혼의 앞으로 어두운 갈색의 불꽃이 날아들었다.

"죽어라! 버러지 같은 놈아."

"안 죽인다고 하지 않았어?"

다테는 날아오는 불덩이를 주먹으로 쳐내고 있었다. 심지어 으르렁 소리를 내며 날아 반격을 가하기도 했다. 멀리서 그 광경을 본 혼은 빠르게 달려가 외쳤다.

"다테!"

"아, 왔어? 좀 도와줘."

다테는 드디어 천화가 혼을 불러왔다고 생각했다. 안 그래도 슬슬 싸움이 힘들어지던 참이었다. 불덩이는 빙(氷)속성과 수(水)속성을 담은 주먹으로 어떻게 쳐내고 있었지만 체력적으로 슬슬 한계였다.

"딱 좋은 타이밍……."

"천화는 어디가고 왜 네가 있어?"

혼은 주변을 두리번거리더니 고개를 절래 흔들었다.

"천화 어디 갔어?"

"그게, 너를 부르러……."

다테는 당황스런 표정으로 말했다. 혼은 한숨을 쉬었다.

"당연히 호텔도 습격 받았다고 생각해야 하는 거 아니야? 왜 그렇게 멍청해?"

혼은 신경질을 부리며 몸을 돌렸다. 그리고는 신속을 사용하여 저 멀리 로켓처럼 날아갔다. 다테는 혼의 뒷모습을 가만히 보며 서 있었다. 혼에게 시선을 빼앗겼던 불꽃 힙시는 낄낄거리며 말했다.

"유감이군. 둘이면 어떻게 도망칠 수라도……."

힙시가 고개를 돌렸을 때, 다테는 이미 사라진 뒤였다.

다테는 있는 힘껏 도망을 치고 있었다. 지원군이 오지 않는다는 것을 안 지금 도망치지 않으면 목숨을 부지할 수 없다. 뒤에서는 괴성을 지르며 불덩이를 던져대는 괴물이 따라오고 있었다.

"망할! 이것만 처리해주고 가면 어디가 덧나나!"

다테의 외침이 희미하게 들리는 지점, 혼은 잠시 멈춰서 천화를 찾고 있었다. 천화라면 호텔로 가는 가장 안전한 길을 선택했을 것이다. 그것을 혼이 알아낼 방법은 전무했다. 한 가지 다행인 점은 높게 점프를 뛰면 잠시나마 3,4 블록을 한 번에 볼 수 있다는 것이었다. 혼은 마치 매가 먹잇감을 찾듯 공중으로 뛰어올랐다가 착지하는 것을 반복하며 천화를 찾았다.

그러기를 몇 번, 개미떼처럼 모인 힙시들이 보였다. 그 가운데에는 비눗방울처럼 투명한 막에 보호되어 있는 천화가 보였다. 천화는 수호설을 키고 자신을 둘러싼 남자들을 공격하고 있었다.

혼은 그 한가운데로 돌진해 먼지를 일으키며 착지했다. 천화는 혼의 등을 보자마자 살짝 미소를 지었다.

"어떻게 알고 오셨데요?"

"도망칠 길이나 설명해."

천화는 어깨를 으쓱하며 대답했다.

"바둑판이라 복잡할 것도 없죠. 막힌 길도 거의 없고."

"그냥 뚫는 수밖에 없다는 거네."

"그렇죠."

천화는 고개를 끄덕였다. 혼은 용의 무구, 발톱과 이빨을 꺼내들고 전방을 주시했다. 만약에 길이 바둑판이라면 사실상 도망치는 것은 불가능했다. 아무리 적의 시야에서 벗어나 잘 도망친다 하더라도 추격조를 세 개로 나누어 모든 길로 흩어지면 들키는 것은 시간문제다.

하지만 꼭 길로만 도망치라는 법은 없지 않은가?

일단 추격을 따돌리고 민간 집으로 들어가 숨어버리면 되는 것이다. 추격조가 지나가면 몰래 이동해 다테와 합류를 하면 된다. 물론 다테가 그 불타는 인간한테서 도망쳤을 때의 이야기지만.

"그럼 내 뒤만 보고 따라와."

"알겠습니다."

천화의 대답이 떨어지기가 무섭게 혼은 앞으로 달려 나갔다. 천화는 수호설로 본인과 혼을 보호하며 최고속력으로 달렸다.

갑옷을 입은 병사들은 열심히 창을 내지르고, 검을 휘두르며 혼을 막으려 했지만 반(半)음속으로 공격하는 혼을 막을 수는 없었다.

포위망은 순식간에 뚫렸다. 꽤 두꺼웠고, 마차들이 길을 막고도 있었지만 혼은 발차기 한방으로 모든 바리케이드를 무너트렸다.

"미친놈들! 잡아!"

병사들의 지휘관으로 보이는 남자가 외쳤다.

"망할, 대장님이 오기 직전인데……."

천화가 만든 보호막은 일반 병사들로는 도저히 뚫을 수 없는 것이었다. 이들의 임무는 단 하나, 대장들이 도착하기 전까지 워커들의 정확한 위치를 알아내는 것이었다. 천화를 못 움직이게 봉해놓고 대장님을 부른지가 방금 전인데 예상치 못한 변수가 터져버린 것이다.

"어이~, 워커는 어디 있냐?"

그때 탁한 목소리가 남자의 뒤에서 울려 퍼졌다. 남자는 급히 몸을 틀며 고개를 숙였다.

"대대장님 오셨습니까."

"인사는 됐고. 워커는 어디 있냐니까?"

대대장이라 불린 사내는 귀를 파며 하품을 했다. 그 또한 미형의 남자였지만 마치 얼굴을 일부러 망치려고라도 한 듯 더러운 머리와 거친 수염을 가지고 있었다. 지휘관은 시선을 혼과 천화에게로 돌렸다. 대대장은 이미 점처럼 멀어진 혼과 천화를 보며 고개를 끄덕였다.

"수고했다."

대대장은 혼과 거의 비슷한 속도로 달려가기 시작했다. 그것을 본 병사들은 마치 자동차 경주에 온 사람들처럼 일제히 환호성을 질렀다.

"자, 잡으실까요?"

한 병사가 걱정스럽게 물었다. 이대로 놓치면 그 책임이 지휘관과 이 임무에 참가한 모든 병사들에게 돌아가기 때문이다. 지휘관은 병사를 이해할 수 없다는 듯이 쳐다봤다.

"아르쿨 대장님이다. 못 잡을 리가 없지."

지휘관은 씩 웃으며 말했다.

"끝났다. 부상자를 챙겨서 병영으로 돌아간다. 변이를 한 남자한테는 모비츠 대장님이 붙어있다. 다 잡은 거나 다름없지."

❖

"추격자가 아직도 남아있군."

혼은 어느새 전화를 안고 달리고 있었다. 포위망을 뚫은 시점에서 더 이상 검을 휘두를 필요는 없기 때문이다. 그러나 아직도 한 명의 추격자가 두 사람의 뒤를 쫓고 있었다. 이미 혼은 컨트롤을 할 수 있는 최고속도, 대충 시속 700~800km 정도로 달리고 있었다. 그걸 따라오고 있다는 뜻은 적도 신속에 버금가는 속도를 가지고 있다고 해석할 수 있었다.

"이대로라면 도망을 못 친다."

혼은 멈춰 섰다. 그러자 뒤 따라오던 아르쿨도 적당히 거리를 두고 추격을 멈추었다.

이대로 계속 달리는 것은 소모전이 될 뿐이었다. 제노 사이드 길드와 만나기로 한 장소로 가는 것도 방법은 방법이나 만약 저 남자에게 다른 병력과 통신을 할 수단이 있다면 다 같이 잡혀 들어가는 수가 있다.

최악의 상황을 고려해 봤을 때, 여기서 천화를 보내고 혼이 아르쿨을 제압하는 것이 최고였다.

"우리가 떨어진 곳으로 가. 협력자가 있을 거다."

"협력자요?"

"왜, 아까 그 꼬맹이."

천화는 고개를 끄덕였다. 꼬맹이라면 혼과 묘한 신경전을 펼쳤던, 그리고 오토바이를 타고 다테의 뒤통수를 후려쳤던 그 여자아이 뿐이었다.

"금방 데리고 올게요."

"아니, 그러지 마. 이 녀석을 제압하고 난 다테를 회수해서 합류장소로 가겠다. 만약 네가 도착하고 20분 내로 도착하지 못하면 작전을 새로 짜."

혼은 그렇게 말하고 천화의 등을 밀었다.

"이제 가라."

천화가 머뭇거리자 혼이 재촉하듯 말했다.

"빨리 가야하지 않냐?"

천화는 눈을 질끈 감고는 고개를 끄덕였다.

천화가 달려가는 모습을 보며 아르쿨은 흐음하고 턱수염을 어루만졌다. 혼은 세버런스를 꺼내들었다. 대인전에서는 단검이 더 자신 있었다. 아르쿨은 그런 혼을 보며 어깨를 으쓱했다.

"막아서려고?"

"아니, 죽이려고."

혼은 아르쿨을 빠르게 죽이고 천화와 합류할 생각이었다. 괜히 시간을 오래 끌어서 좋을 것이 없었다. 추격자가 하나인 것도 아니고.

이미 이 도시는 워커들을 잡기 위해 전력을 다하고 있었다. 워커나, 사람 하나 죽인 워커나 별반 다를 것이 없을 것이다.

"이야, 그건 좀 무서운데."

아르쿨은 공중에서 창을 소환했다. 창의 날 부분이 언월도처럼 길게 휘어져 있었다. 열린 공간에서의 창은 사거리가 길기 때문에 장거리 무기가 아닌 이상 그 어떤 무기를 상대로도 우위를 점한다.

극단적으로 근접해야 하는 단검과는 완벽하게 반대편에 서 있는 무기. 그것이 창이다.

이렇게 열린 공간에서 단검은 창을 이길 수 없다. 같은 실력이라면 그러했다. 하지만 혼은 침착했다.

어렵지만 근접할 경우 유리한 것은 단검이다. 창이 아무리 발악해봤자 단검을 떨쳐낼 수 없게 되는 것이다.

'접근만 하면 된다.'

분명 상대는 거리를 두고 전투를 벌일 것이다. 혼이 들어가려고 한다면 뒤로 물러서거나 옆으로 피하며 일방적으로 공격을 가할 것이다.

접근은 신속으로 가능할 것이다. 상대가 월등히 빠르지 않은 이상 뒷걸음질이나, 옆으로 피하는 것이 직선으로 달려 나가는 것보다 빠를 리는 없다. 게다가 스타트를 혼이 먼저 끊기 때문에 반응하는 것에도 시간이 걸릴 것이다.

그렇게 생각하고 신속을 발동하려는 순간, 아르쿨이 창을 높게 들었다.

"금방 끝내야겠군."

아르쿨은 창을 아래로 내리 꽂았다. 그러자 빛이 혼에게 날아들었다. 혼은 상대하지 않고 옆으로 몸을 돌려 피했다.

그러자 빛이 아르쿨의 형태로 바뀌었다.

'이동술인가?'

미궁에 들어와서 기술이라는 단어의 의미가 엄청나게 넓어진 뒤였다. 현실에서는 적의 전력을 오로지 무술의 숙련도와 신체적 능력으로만 따지면 됐지만 이곳 미궁에서는 상상력을 발휘해 적의 능력을 알아차려야 했다.

'이동술이면 문제될 것이 없다.'

아르쿨이 날린 빛은 그렇게 빠르지 않았다. 눈으로 쫓아 피할 수 있기 때문에 일반적인 순간이동보다 덜 위협적이었다.

아르쿨은 혼에게 창을 내질렀다. 혼은 창을 피하며 세버런스를 아르쿨의 턱을 향해 내질렀다.

세버런스는 아르쿨의 목을 꿰뚫었다.

'이런……!'

손끝에 아무 느낌도 없다. 아무리 세버런스가 모든지자를 수 있는 절단력을 가지고 있다 하더라도 느낌이 없을 수는 없다.

아르쿨의 몸이 사라지면서 이미 천화를 향해 달려가고 있는 또 다른 아르쿨이 보였다.

'환영!'

혼은 아르쿨의 능력을 순식간에 추리해냈다. 또 다른 자신을 만들어낸다. 그것은 실체가 없으며 치명상을 입을 경우 연기처럼 사라진다.

지구의 이야기에도 익히 등장하는 환영마법과 같은 것이었다. 아르쿨은 예상보다도 더 빠르게 천화를 확보해버렸다.

1초.

짧은 순간이지만 음속에 가까운 속도를 내는 아르쿨과 혼에게는 그 어디라도 갈 수 있는 시간이었다. 천화가 아무리 열심히 달려봤자 1분 동안 간 거리는 1km도 되지 않는다. 초속 300m 가까운 속도를 내는 아르쿨은 혼이 환영에게 묶인 사이 천화의 코앞까지 와 있었다.

천화는 자신의 뒤를 아르쿨의 기척을 느끼고 수호설을 열었다.

"보호막?"

아르쿨은 흥미롭다는 듯 미소를 짓고는 창을 움켜쥐었다.

"금방 깨면 되지 뭐."

아르쿨은 순식간에 10명으로 불어났다. 10명의 아르쿨은 있는 힘껏 수호설의 보호막을 두드렸다. 안 그래도 이미 손상될 대로 손상된 천화의 정신력은 산산조각이 나 깨졌다. 아르쿨은 천화를 머리카락을 잡았다.

"후, 아슬아슬했는데. 아!"

아르쿨은 따끔한 느낌에 손을 내려 보았다. 하양이가 천화의 주머니에서 튀어나와 아르쿨의 손목을 물었다. 아르쿨은 미소를 지었다.

"아하, 이게 백령이구만."

대대장인 아르쿨도 백령을 실제로 보는 것은 처음이었

다. 아르쿨은 하양이를 한손으로 잡아 주머니에 넣고 지퍼를 닫았다.

"아, 너무 여유를 부렸나?"

아르쿨은 고개를 절래 흔들며 한숨을 쉬었다. 그리고 창을 휘두르며 뒤돌아섰다. 어느새 혼이 아르쿨의 코앞에 와 있다.

아르쿨의 창과 혼의 세버런스가 부딪혔다.

"좋은 말 할 때 놔라."

"어이구, 무서워라."

아르쿨은 씩 웃으며 오른쪽을 흘깃 쳐다봤다. 혼의 시선도 기척을 느끼고 따라갔다. 아르쿨의 환영이 날아 차기를 하고 있는 것이 보였다.

"제길."

혼은 급히 방어 자세를 잡았다. 아르쿨의 환영은 묵묵히 혼을 공격했다. 혼은 순식간에 환영을 제압했지만 환영은 이미 4개로 불어나 있었다.

"잘 싸우네. 그 환영의 능력은 나랑 비슷한데 말이야. 상처 입으면 없어진다는 것만 빼면 말이지."

아르쿨이 말하는 소리를 혼은 제대로 들을 수가 없었다. 환영은 살짝 긁힌 상처로도 사라졌지만 하나를 없애면 다른 하나가 더 생겨나 달려들었다. 아르쿨은 천화를 내려다보고는 말했다.

"백령이랑 여자 하나가 내 임무였거든. 천천히 하자고. 천천히."

아르쿨은 무릎으로 천화의 턱을 쳤다. 천화는 그대로 고개를 푹 숙인 채 쓰러졌다.

아르쿨은 싸우고 있는 혼을 무시하고 천천히 걸어갔다. 어느 정도 거리가 벌어지기 전까지 환영은 그대로 유지된다. 게다가 혼이 4명의 환영을 뚫을 수 있을 것 같지도 않았다. 뒤에 혼이 추격해 올 것을 생각하면 여기서 힘을 최대한 빼놓는 것도 좋은 방법이었다.

"거기 서라!"

혼의 외침과 함께 아르쿨은 본능적으로 몸을 피했다. 그러나 무언가 어깨를 총알처럼 뚫고 날아갔다. 혼이 던진 세버런스였다.

아르쿨의 오른팔이 힘없이 축 늘어졌다. 아르쿨은 놀란 얼굴로 혼을 쳐다봤다. 혼은 용의 무구를 꺼내들고 환영들을 더 빠른 속도로 없애버리고 있었다. 아르쿨은 더 이상 지체할 수 없다고 생각했다. 이미 혼은 환영을 상대하는 방법을 알았는지 정확하게 칼끝만 닿게끔 공격을 하고 있었다.

환영의 약점은 조그마한 상처에도 사라진다는 것이다. 혼은 이미 그것을 이용해 환영을 생성되는 속도보다 더 빠르게 제거하고 있었다.

"괴물새끼. 저런 놈은 또 처음이네. 쯧."

혼보다 더 각성을 많이 한 강자들도 아르쿨은 많이 보았다. 하지만 이렇게 빨리 환영의 약점을 간파하고 그에 맞는 전략을 선택하는 사람은 없었다.

아르쿨은 재빨리 천화를 데리고 도망쳤다. 아르쿨이 사라진지 5초 만에 환영들이 일제히 사라졌다. 혼은 전투가 끝나기 무섭게 아르쿨의 뒤를 쫓으려 했다. 하지만 그 순간 불덩이가 날아와 혼의 길을 막았다.

"또 뭐야?"

혼은 약간 신경질적으로 뒤를 돌았다. 그곳에는 열심히 달려오고 있는 다테와 그 뒤를 쫓고 있는 불꽃인간, 모비츠가 보였다. 모비츠는 양팔을 뒤로 빼고 공중을 가로지르며 날아오고 있었다.

"천화는?!"

다테는 혼의 옆에 천화가 없다는 것을 눈치채고 외쳤다. 혼은 살짝 미간을 찌푸리며 말했다.

"시끄럽다. 지금 구하러 갈 거다."

용의 무구가 주황색으로 빛났다. 감정의 동요가 있을 때만 색깔이 바뀌는 군주기다.

붉은색은 분노.

감정의 기복이 거의 없는 혼이었기 때문에 용의 무구의 색깔이 변하는 경우는 극히 드물었다. 아니, 전에 코디와 싸울 때를 제외하고는 단 한 번도 본 적이 없었다. 한 가지 확실한 것은 용의 무구가 붉은 색이 된 혼은 그 전과는 차원이 다른 전투력을 보인다는 것이었다.

"저건 빨리 처리한다."

혼은 신속을 사용해 모비츠를 향해 날아갔다. 모비츠는 열심히 화염구를 던졌지만 혼에게 맞추는 것은 불가능했다.

혼은 모비츠의 어깨를 벴다. 그러나 온 몸이 화염으로 되어 있는 모비츠는 전혀 충격을 받지 않은 것 같았다.

"감히 누구 몸에 검을 대는가?"

모비츠는 험상궂게 인상을 쓰며 팔을 위로 들어올렸다.

"터져라. 워커."

모비츠가 괴성을 지르자 그의 몸에서 수십 개의 불기둥이 생성돼 사방으로 퍼졌다. 그것은 마치 화산이 폭발하는 것과 같았다. 다테는 화들짝 놀라 벽 뒤로 숨었다. 마치 주변이 지옥에라도 온 것처럼 엄청난 열기로 가득 찼다.

"혼!"

다테는 혼의 생사를 확인했다. 제 아무리 혼이라도 이런 공격을 몸으로 받아낼 수는 없을 것만 같았다.

다테는 불기둥이 사라지고 밖으로 나왔다. 바람이 열기

를 밀어내는 것이 느껴졌다.

"우오오!"

혼이 용의 무구를 음속으로 휘두르고 있었다. 혼의 검풍은 모비츠가 뿜어낸 불기둥을 상쇄시키고 모비츠의 몸을 산산조각내고 있었다.

"이, 이런!"

모비츠는 양팔로 얼굴을 막았다. 그러나 화염으로 되어있는 양팔은 혼이 만들어낸 검풍에 흩날리듯 사라졌다.

유일하게 인체가 남아있는 얼굴. 혼은 모비츠의 코를 향해 검을 내질렀다.

빠직.

뼈가 부서지는 소리와 함께 모비츠의 얼굴이 뚫렸다. 혼은 검을 빼내고 바로 다테에게로 내려왔다.

다테는 그저 입을 쩍 벌리고 있을 뿐이었다. 다테는 모비츠의 공격을 몸으로 맞아 본 적이 있어 그 위력을 아주 잘 알고 있었다. 모비츠는 공격을 함으로서 방어까지 하는 스타일의 전투를 즐겼다. 쉴 틈 없이 쏟아지는 화염 구를 뚫고 모비츠의 본체를 공격하는 것은 불가능에 가까웠다.

하지만 혼은 해냈다. 물론 신속이 파고드는데 훨씬 좋은 능력인 것은 맞다. 그러나 다테와 혼의 다른 점은 고작 능력이 아니었다.

정확하게 적의 능력과 자신의 능력을 대조해 볼 수 있는 냉철한 분석력이었다. 혼은 불기둥을 검풍으로 와해시킬 수 있다고 믿고 파고 든 것이고, 다테는 버틸 수 없을지도 모른다는 불안감 때문에 과감하게 싸울 수 없던 것이다.

"뭐하냐?"

다테는 살짝 아랫입술을 깨물었다. 생각보다 격차가 심했다. 야쿠자로서 꽤 많은 사선을 넘어왔다고 생각했지만 이 혼이라는 남자는 급이 달랐다.

혼은 그런 다테를 못마땅하게 쳐다보고는 말했다.

"천화 구하러 가야지."

"알았다. 앞장 서."

"앞장서기는."

혼은 신경질적으로 다테의 허리를 감았다. 혼의 묘한 행동에 다테는 살짝 당황했지만 이내 비명을 지를 수밖에 없었다.

"음속이다. 좀 느낌이 이상할거다. 버텨."

혼은 준비할 시간도 주지 않고 하늘로 날아올랐다. 다테는 온 몸으로 바람의 저항을 맞았다. 천화와 함께 갈 때는 최대한 품에 안거나 등 뒤에 숨겨 바람에 노출이 되지 않게끔 해주었지만 이놈은 그럴 필요가 없다.

"으가가가가가가."

다테의 이상한 비명소리를 들으며 혼은 사라져버린 아르쿨의 뒤를 쫓았다.

NEO MODERN FANTASY STORY & ADVANTURE

메이즈 헌터

2

Maze Hunter

2

아르쿨은 탑으로 들어와 6층으로 올라갔다. 천화는 아직도 기절해 있는 상태였고, 주머니에서 발버둥 치던 하양이도 제풀에 지쳐 쓰러졌다.

아르쿨은 6층으로 올라가 철문에 그려져 있는 마법진에 주문을 말하고 들어갔다.

안으로는 긴 복도와 위로 올라가는 계단이 있었다. 복도를 지나 계단을 세 번 정도 올라가자 커다란 공간이 나왔다. 보라색 조명 아래로 마법진이 그려져 있었고, 그 앞으로는 화려한 드레스를 입은 여자가 서 있었다.

"라리아. 생명의 어머니여. 대대장 아르쿨. 지금 도착했습니다."

아르쿨은 살짝 고개를 숙여 말하고 천화를 의자 위에
던졌다.

"아, 왔느냐?"

가만히 눈을 감고 있던 라리아는 미소와 함께 대답했
다. 마치 인형처럼 새하얗고 죽어있는 듯한 라리아의 이
마에는 푸른 보석이 박혀 있었다. 아르쿨은 여자와 눈을
못 마주치고 고개를 숙였다.

"백령도 잡아왔습니다."

"아, 다행이구나. 안 그래도 혼자서는 힘에 부치던 상황
이었는데."

라리아는 표정변화 없이 말하고는 천화를 쳐다봤다.

"백령을 잘 잡아두도록 해라. 그리고 저 아이를 데려와
라."

아르쿨은 천화를 라리아의 앞으로 데리고 갔다. 라리아
는 소매를 걷어 붙이고는 바로 천화를 살폈다.

"강한 워커로구나."

라리아는 흡족하게 웃은 뒤 말했다.

"당장 의식을 시작할 테니 나가 있어라."

"지금 당장 말입니까?"

"시간 끌어서 좋을 것이 없지 않느냐."

"분부대로 하겠습니다."

아르쿨은 어깨를 으쓱한 뒤 밖으로 나왔다. 생명의 어

머니, 라리아. 그녀는 신비한 힘으로 모든 이들을 젊게 유지하는, 이 특별지대, 힙시들의 어머니라고 불리고 있었다. 물론 그녀의 존재를 아는 것은 아르쿨을 비롯한 대장들과 도시의 권력자들뿐이다. 일반시민들에게도 불노의 은총이 내려지기는 하지만 그들에게 라리아는 신과 같이 상상 속에만 존재하는 인물일 뿐이었다.

아르쿨은 탑에서 나와 머리를 긁적였다. 갑작스러운 호출에 점심도 못 먹은 상황이었다. 기왕 탑에 온 거 점심이나 사먹자고 생각할 때 즈음 병사 하나가 다급하게 뛰어왔다.

"아르쿨 대대장님!"

"어, 뭔 일인데 그렇게 헐레벌떡 뛰어 오냐? 또 백령이라도 찾았어?"

"모비츠 대장님이 패배했습니다."

"뭐?"

아르쿨은 인상을 쓰며 되물었다. 병사는 긴장했는지 침을 꼴깍 삼키며 말했다.

"모비츠 대장님이 워커들에게 패배했습니다."

"아아, 그럴 줄 알았어."

아르쿨은 혼의 모습을 생각했다. 환영을 순식간에 간파하고 자신과 비슷한 속도로 움직이던 남자다. 아직 최대 속도를 컨트롤 하지는 못하는 것 같았지만 모비츠의 불꽃 정도는 날려 버릴 수 있을 것이다.

"처리를 하고 왔어야 했는데."

아르쿨은 백령을 확보하라는 임무에 충실했던 자신이 살짝 후회되었다. 모비츠는 다른 병사들과는 달리 확실한 전력이었으니까.

"나머지 대장들을 불러. 내가 소집했다고 하고."

"알겠습니다!"

병사는 숨 고를 틈도 없이 다시 뛰어가기 시작했다. 아르쿨은 반대편에 몰려있는 음식점을 힐끗 본 뒤 고개를 절래 흔들었다.

"처리하고 먹어도 늦지 않겠지. 갑옷이나 입으러 가볼까?"

❖

"제길, 어디로 갔는지 감을 잡을 수가 없네."

혼의 손에는 피떡이 된 병사가 들려 있었다. 갑옷이 꽤 나 화려한 것이 지휘관 정도는 되는 것 같았다. 워커들을 납치해 어디로 데려가는지 불라고 했지만 정말로 모르는 듯싶었다.

"이렇게 패면 한 놈 정도는 나서서 말할 줄 알았는데."

지휘관이 모른다고 했을 때 그것이 거짓말이 아닌 것은

바로 알아챌 수 있었다. 그 앞으로는 병사들이 무릎을 꿇은 채 앉아 있었다. 대부분은 죽이고 한 10놈만 살려놓은 상태였다.

"진짜 모르나보군."

"탑으로 가자."

다테가 말했다.

"거기 6층에 이상한 문이 있어. 수상하지 않냐?"

"그걸 왜 지금 말해?"

혼은 축 처진 지휘관을 들어 보이며 말했다.

"네가 빨리만 말했어도 이렇게 할 필요 없었잖아?"

"생각이 안 났어. 그나저나 그게 왜 내 탓이야? 팬 건 너잖아."

혼은 다테의 말을 무시하고 지휘관을 휙 던졌다. 일단은 제노사이드의 사람들과 만나는 것이 좋을 듯싶었다. 천화가 납치된 것만 잘 얼버무린다면 그들의 힘을 천화를 구출하는데 쓸 수 있을지도 모른다.

천화가 잡혀간 것을 숨겨야 하는 이유는 간단하다. 현재 제노사이드의 실질적인 리더 루시오는 지극히 합리적인 사람이다. 그는 같이 탈출을 하자는 공통적인 목표를 달성하기 위해 움직이는 것이다. 만약 천화가 잡혀갔고, 그 때문에 적진에 들어가는 위험을 감수해야 한다는 것을 그가 안다면 십중팔구 움직이지 않을 것이다.

"입을 맞추자. 탑으로 가야 탈출하는 방법을 알아낼 수 있다고 그 불 인간이 말해준거야. 우리는 그걸 알려준 거고, 천화는 정찰을 위해 미리 가 있는 거지. 탑 안에서 만나기로 했다고 말하면 될 거야."

조잡한 거짓말이었지만 거짓말을 할 때 가장 중요한 것은 내용보다 표정과 억양이다. 말도 안 되는 것이라도 확신에 찬 표정과 억양으로 말하면 사람들은 혹시나 하는 마음에 조금은 믿을 수밖에 없다.

"내가 말할 거니까 야쿠자 넌 뒤에 가만히 서 있어."

"그러지. 난 그런 쪽으로는 완전 답이 없으니까."

다테는 고개를 끄덕였다. 야쿠자 시절에도 협박을 잘했지 거짓말은 해본 적이 없었다. 상황이 불리하면 주먹이 나가는 편이 훨씬 편했으니까.

혼은 약속된 장소에 도착했다. 떨어졌을 때와 마찬가지로 트램펄린이 보였다. 혼이 모습을 드러내자 어디선가 엘리아와 루시오, 그리고 헥터가 나왔다.

"왜 이렇게 늦어?! 엘리아 엄청 기다렸거든. 두고 봐 아주."

엘리아는 볼을 부풀렸다. 루시오는 그런 엘리아를 잡아 끌어 자신의 뒤로 숨긴 뒤 말했다.

"한명이 비는 거 같은데?"

역시 루시오는 천화에 대해서 물어봤다. 안 봐도 뻔하

다. 그는 천화가 잘못된 것은 아닌지 걱정하고 있는 것이었다. 물론 천화의 안위가 아니라 일이 틀어질까봐 걱정하는 것이었지만.

"염탐꾼으로 보내 놨다. 녀석들의 대장이라는 놈을 잡았는데 역시나 저 탑에서 뭔가가 진행되고 있는 거 같더군."

혼은 표정하나 바뀌지 않고 미리 입을 맞춘 시나리오대로 말하고 있었다. 다테는 일부러 눈을 감고 고개만 끄덕이고 있었다.

"염탐?"

"그래, 6층에 수상한 문이 있다는 보고까지 받았다."

거짓말에 조금의 사실을 추가하면 그것은 사실보다 더욱 더 그럴싸하게 들리는 법이다. 혼이 탑에 들어가지 않으면 알 수 없는 정보까지 알고 있었기 때문에 루시오는 믿을 수밖에 없었다.

"연락은 전음으로 끊임없이 하고 있다. 따라와."

전음

무협지에서나 나오는 정신의 교감을 뜻하는 단어였다. 영어로는 텔레파시라고도 할 수 있다. 현실적으로는 말도 안되는 이야기지만 뭐 어떤가. 사람이 음속으로 날아다니고 사자로도 변하는 곳인데 텔레파시 정도는 껌 아니겠는가.

"그 여자가 트라이 마스터였다니."

루시오가 놀라며 중얼거렸다. 다테는 순간 거짓말을 들키는 것이 아닌가 혼을 쳐다봤다. 분명 혼은 퍼스트 마스터의 능력 중 하나로 전음이 있을 것이라고 생각했다. 뇌를 사용하는 것이기 때문이다. 그러나 전음, 텔레파시는 오러를 사용하는 것으로 트라이 마스터의 능력으로 분류되어 있었다.

"그래, 이 미궁에 가장 오래 있었으니까."

혼은 당연하다는 듯이 말했다.

"저, 정말 천화가 트라이……."

"그럼 가지."

혼은 다테를 슬쩍 째려보고는 앞으로 걸어갔다. 다테는 알겠다는 듯이 고개를 끄덕였다. 표정이 너무나도 진지해서 순간적으로 정말 천화가 트라이 마스터라고 생각을 할 정도였다.

코디에게서 도망칠 정도니 그럴 수도 있지 않은가?

"진짜야?"

다테는 최대한 빨리 달려가 혼의 옆에 섰다.

❖

천화는 눈을 떴다. 꽤 많은 전투를 치렀음에도 온 몸이 날아갈 것처럼 가벼웠다.

아니, 날아다니고 있었다.

"어라?"

천화는 반투명해진 자신의 모습을 보며 고개를 갸웃거렸다. 이것은 흡사 처음 이 특별지대에 들어왔을 때 만났던 에이카와 같은 모습이었다. 천화는 양 손을 쳐다보다가 고개를 들어 앞을 보았다.

"아 좀 넘어갈 수도 있지. 왜 지랄이야!"

"각자 자리가 있다고 말 안했냐? 신입이 건방지게. 저번에 너 늦게 들어왔지? 그거 때문에 자유 시간 줄어들면 어쩌려고 그래?!"

남자가 한 여자에게 소리를 지르고 있었다. 역시나 그들은 전부 반투명한 상태였다.

천화가 들어가 있는 곳은 원통 형태로 되어 있었다. 사람들은 각자 자신의 자리에서 멍 때리고 앉아 있던가, 잡담을 하는 등 시간을 죽이고 있었다.

소리를 지르고 있는 여자는 천화가 아는 사람이었다.

에이카.

혼과 천화에게 자초지종을 설명하고 사라진 바로 그 유령이었다. 에이카는 선을 넘어가 한 남자와 나름의 영토 분쟁을 하는 중이었다.

"너무 좁잖아! 통나무처럼 누워 있을 수밖에 없는데 어쩌라고?"

"원래 처음 들어오면 그런 거야. 망할 애새끼들이 죽어 나가지를 않아서 자리가 안 나는데 나보고 어쩌라고?"

남자는 짜증을 내며 자신의 자리로 돌아갔다. 에이카는 씩씩거리며 줄이 그어진 자신의 자리로 돌아와 앉았다.

"저, 저기."

가만히 서 있던 천화는 그나마 안면이 익은 에이카에게 다가갔다. 에이카는 천화를 알아보고는 눈을 동그랗게 뜨고 말했다.

"너 왜 여기 있어!"

에이카 역시 천화를 알아보았다. 자신을 자유롭게 해줘 야만 하는 세 사람 중에 하나였기 때문에 당연한 것이었다. 특별지대의 사람들, 힙시들에게 잡힌 워커들 중 에이카는 신입에 속했다. 대부분의 워커들은 인생을 포기하고 잠깐 주어지는 자유 시간을 기다리는 노예가 되어버렸지만 에이카는 어떻게 해서든 다시 미궁으로 나가고 싶었다.

그런데 천화마저 잡혀 들어오다니. 앞이 깜깜해진다.

"잡혀 들어오면 어떡해? 다른 사람들은? 설마 잡힌 건 아니겠지?"

"네. 다행히도 저만 잡혔어요. 하하."

"그건 진짜 다행이다."

에이카는 동의한다는 듯 고개를 끄덕였다. 3명 중에 가장 믿음이 가지 않는 것이 이 천화였다. 나머지 두 남자들이 어떻게라도 해주지 않을까?

차라리 잘 됐다. 혼이 자신을 도와주지 않고 그냥 가지는 않을까 고민하던 에이카였다. 그런데 이제 그 걱정을 조금은 덜어도 될 것 같았다. 적어도 동료가 잡혀있는 만큼 쉽게 무시할 수는 없을 것이다.

"일단 자리를 배정해줄게. 따라와."

에이카의 말에 천화는 고개를 끄덕이고 위를 돌아봤다.

사람들은 공중에도 떠 있었다. 사실 바닥에 붙어있는 것이 힘들 정도로 중력이 느껴지지 않았다. 바닥에 붙어 있지 못할 정도는 아니었으나 원한다면 공중에서도 편하게 누워 있을 수 있을 것 같았다.

"공중에 있는 사람들은 꽤 오래된 사람들이야. 너도 곧 알겠지만 땅에 붙어 있는 것보다는 공중에 있는 편이 더 편하거든."

에이카는 대충 빈자리를 보더니 나름 넓은 곳에 천화를 데려다 주었다.

"일단 여기 비었으니까 써. 좋은 곳이야. 특별히 신경 썼으니까 나중에 말 잘해주고."

좋은 자리라고 해봤자 그냥 금 그어진 바닥이다. 그래도 통나무처럼 누워 있어야 하는 에이카의 자리보다는 좀 넓었다. 끼어 누우면 3명도 누울 수 있을 정도였으니까.

에이카가 천화에게 좋은 자리를 준 이유는 하나였다. 동료들에게 좋은 말을 해달라는 것이었다. 이 특별지대에서 빠져나가기 위해서는 천화에게 환심을 살 필요가 있었다. 훗날에 무시할 수 없게끔.

"감사합니다."

천화는 꾸벅 고개를 숙였다. 중간에 난 길을 제외하면 사람들은 각자의 옆자리에 앉은 사람들과 대화를 하거나 카드게임 같은 것을 하며 시간을 죽이고 있었다. 에이카는 천화의 자리에 앉으며 말했다.

"그나저나 어쩌다 잡힌 거야? 누구한테?"

"그 이상한 창 쓰는 아저씨한테."

"대대장한테? 그 자식이 움직였다고?"

에이카는 눈을 동그랗게 뜨며 천화에게 다가왔다. 이 안에 있는 워커들 중에서도 대대장을 본 사람은 손에 꼽았다. 최소한 듀얼 마스터는 되어야 볼 수 있는 것이 대장급이었다. 듀얼 마스터 밑은 그냥 일반 병사들이 출동해서 잡아오는 경우도 많기 때문이다.

'사람은 제대로 봤네.'

에이카는 희망의 끈을 부여잡았다. 어찌됐건 대대장이 움직였다는 것은 그만큼 혼의 일행이 강하다는 뜻이었다. 그와 동시에 대대장이 나섰다는 불안감이 엄습해왔다. 대대장이 등장했다는 것은 나머지 대장들도 이미 움직이고 있다는 뜻이었다.

"그래서 자유시간이 사라졌구나."

에이카는 한숨을 쉬며 말했다.

유령화가 된 워커들은 이 도시의 상황을 아주 잘 알고 있었다. 뭐 속속히 안다고는 할 수 없으나 전부 끌려와 신체를 빼앗기고 유령이 되어 이런 통 안에 감금되어 있는 상황이었다. 어떻게 신체와 정신이 분리되어 있는지는 알 수 없으나 마지막으로 본 것은 동일했다.

드레스를 입고 있는 인형 같은 여자.

그 여자를 본 것을 마지막으로 의식이 날아갔고, 눈을 떠보니 이 원통 안이었다.

"그래도 자유시간은 줬었다고. 대충 지구시간으로 따지면 새벽 1시부터 6시까지? 어쨌든 그 시간에는 바도 열려있고, 도박장도 있고, 뭐 그렇다고. 저기 저 카드 게임하는 양반들 보이지?"

에이카는 심각한 표정으로 돈을 걸고 있는 남자들을 보았다.

"원래 한번 자유시간마다 돈을 주는데 저 양반들은 그걸 전부 도박장에 처박고 있지. 미련한 짓이긴 해도 뭐 자기 돈으로 자기가 하겠다는데 뭘 말려?"

"그 돈으로 뭘 해요? 마실 수도 먹을 수도 없을 거 같은데."

유령이 된 이들은 아마 먹을 수도, 마실 수도 없을 것이다. 게다가 촉감도 사라졌기 때문에 이들에게 쾌락이라고는 뇌가 느끼는 성취감 같은 것밖에 없을 것이다.

"반투명하다고 못 먹는 줄 알아? 다 먹어. 맛도 느끼고. 살이 안찌는 건 좋은 점이지."

에이카의 말에 천화는 이상함을 느꼈다. 당장 촉감도 거의 없는 상태였다. 이 상태에서 뭘 먹어봤자 미각이 느껴질지는 의문이었다.

"그렇게 못 믿겠으면 먹어봐."

에이카는 쿠키 하나를 건넸다. 안에 초코 칩이 박혀 있는 것이 보였다. 천화는 일단 에이카의 말대로 쿠키를 한 입 베어 물었다.

"……진짜 초콜릿 맛이 나네요."

"그렇지? 신기하단 말이야. 하지만 맛이 안 나는 것도 있어."

"어떤 것들이죠?"

"뭐 여기 특산품이라던가? 이상한 술 같은 거 말이야."

천화는 고개를 끄덕였다. 아무래도 이건 진짜로 혀가 맛을 느끼는 것이 아니라 뇌가 기억하고 있는 맛을 상상하는 것만 같았다. 어찌됐건 이런 몸이 되어서도 쾌락을 즐길 수 있다는 것은 다행이라고 할 수 있었다.

아니, 다행이라고 해야 하나.

천화는 주위를 둘러보았다. 대부분의 워커들은 탈출을 포기한 것처럼 보였다. 근처 사람들조차 빨리 특별지대에 들어온 워커놈들이 잡혀서 자유시간이나 왔으면 좋겠다고 말하고 있었다.

'쾌락에 잡혀있다는 건가?'

천화는 씁쓸한 표정을 지었다.

"아, 안 돼! 안 돼!"

그때 저 멀리서 한 남자의 다급한 외침이 들렸다. 남자의 몸이 마치 가루처럼 흩날려 공중으로 사라지는 것이 보였다. 천화가 남자를 발견했을 때는 이미 남자의 머리밖에 남아있지 않았다.

"안 돼! 죽고 싶지……."

남자가 사라졌음에도 그 누구도 동요하지 않았다. 마치 일상의 일이라는 듯 카드게임을 하던 사람들은 계속해서 카드게임을 했고, 잠을 자던 사람들은 일어나보지도 않았다.

"어떻게 된 일이죠?"

"죽은 거야. 우리 모두 알아. 언젠간 저렇게 죽을걸."

에이카가 목소리를 내리깔며 말했다.

"난 저렇게 되지 않겠어."

탑 근처 건물 옥상. 헥터는 눈만 담장위로 꺼내놓고 탑을 정찰했다.

"당장 탑으로 가는 건 위험해."

루시오가 말했다. 혼도 그 부분에는 동의를 하는 바였다. 천화를 그 자리에서 죽이지 않고 잡아간 이상 생각할 시간은 존재했다. 만약에 죽이는 것이 목적이었다면 그 더벅머리 자식이 잡아갈 이유가 없으니까.

"완전 다 깔렸다고. 이건 좆 된 거야. 완전 좆 됐다고 우리."

헥터가 고개를 절래 흔들었다.

탑 주변으로는 병사들이 쭉 깔려 있었다. 쥐새끼 한 마리도 들어갈 수 없을 정도로 경비가 삼엄했다.

방어벽을 뚫은 것은 어렵지가 않다. 문제는 저들 중 누가 특별한 능력을 가진 놈인지 알 수 없다는 것이다.

"창을 쓰는 놈은 환영을, 그리고 다른 놈은 불로 변했었다. 저기 있는 병사들 중에 그런 능력이 있는 녀석이 없다고는 확신할 수 없어."

"그래서 안 움직일 거야? 우리 넷이서 어떻게 하는 수밖에 없다고."

다테가 흥분해서 말했다. 천화가 잡혀갔는데 탁상공론

이나 하고 있을 수는 없었다. 설사 자살행위라고 할지라도 천화가 무슨 고초를 겪고 있을지 모르는 상황에서 잡담이나 하고 있을 수는 없었다.

"깨지더라도 부딪혀는 봐야지."

"깨지면 다 죽는 거야."

혼이 냉정하게 말했다. 천화가 잡혀간 그 순간에는 약간 흥분했던 혼은 완전히 냉정을 되찾은 것 같았다.

"그리고 숫자도 잘못 셌어. 네 명이 아니라 다섯이다."

"네 명이잖아."

다테가 이상하다는 듯 고개를 갸웃거리며 말했다.

"하나, 둘, 셋. 그리고 나까지 넷."

그 순간 루시오와 혼의 눈이 마주쳤다. 아까까지만 해도 주변을 돌아다니며 심심해를 연발하던 엘리아가 사라진 것이다. 헥터는 꿀꺽 침을 삼키더니 다시 담장으로 기어가 탑을 바라봤다.

"오 마이 갓. 저기 있네. 저기 있어. 저 망할 꼬맹이 또 저기 있다고!"

헥터는 머리를 부여잡으며 말했다. 이미 방어진을 펼친 병사들의 시선이 전부 엘리아에게로 꽂힌 상황이었다. 혼은 담장너머로 엘리아를 확인하고 살짝 인상을 썼다.

"헥터, 엘리아 안보고 있었어?"

루시오가 헥터에게 짜증 섞인 말투로 외쳤다. 헥터는 눈을 동그랗게 뜨고 양손을 올리며 말했다.

"난 저 망할 탑을 보고 있었잖아. 무슨 헛소리를 하는 거야?"

루시오는 이마를 부여잡았다. 솔직히 말하면 모두의 실책, 아니 자신의 실책이라고 할 수 있었다. 엘리아가 돌발 행동을 하는 것이 하루 이틀도 아니고 그걸 잊고 있었다니. 헥터가 보고 있다는 생각에 너무 방심했다.

펑!

예상했던 소리가 허공에 울려 퍼졌다. 엘리아의 손에 의해 병사들이 하늘로 솟아올랐다. 비현실적인 광경에 다테는 넋을 놓고 쳐다보았다. 초인들이야 숱하게 봐 왔지만 저렇게 작은 소녀가 키가 180은 넘는 남정네들을 던져 대는 것은 신기한 광경이었다.

"아하하하하! 루시오! 간단하잖아?"

엘리아는 일행이 숨은 건물에 대고 소리쳤다.

"내가 뚫을 테니까 빨리 가라고!"

엘리아는 엄지손가락을 치켜들며 웃었다. 혼은 엘리아의 말에 동의했다. 만약 정면 돌파를 해야 한다면 엘리아 같은 강자가 시선을 끌고 나머지가 탑 안으로 들어가는 것이 가장 좋은 방법이었다.

"그럼 가보자."

이미 벌어진 일을 가지고 네 탓, 내 탓하며 싸우는 것은 시간낭비였다. 지금까지 고민에 고민을 한 이유는 정면 돌파보다 나은 수를 찾기 위해서지 정면 돌파가 불가능하기 때문은 아니었다.

루시오와 헥터는 부랴부랴 뛰어나가는 혼의 뒤를 따라갔다. 몇몇 병사들이 그들의 앞을 막아섰지만 혼은 자비 없이 검을 휘둘러 병사들을 베어버리고 탑 안으로 들어갔다.

혼과 나머지 일행이 탑으로 무사히 들어가는 것을 본 엘리아는 입맛을 다셨다.

"더 재밌는 건 나중을 위해~."

병사들은 약하다. 수백 명이 달려들어도 엘리아에게는 준비운동도 되지 않을 정도로 약했다.

엘리아가 노리고 있는 것은 혼이었다. 처음 만났을 때의 짜릿함, 그것은 이 미궁에 처음 도착했을 때와 맞먹을 정도였다.

"아~ 루시오만 아니면 지금 먹어버릴 텐데."

엘리아는 양 어깨를 껴안고 몸을 부르르 떨었다. 병사들은 불도저 같은 엘리아에게 다가갈 엄두도 내지 못하고 있었다. 그때 한 여자가 공중에서 나타났다.

"대, 대장님이다!"

"대장님이다! 살았다고. 살았어. 이제!"

여자는 살짝 고개를 흔들어 긴 검은 머리를 정리했다. 모델처럼 긴 다리와 잘록한 허리, 키가 180은 넘는 것처럼 보였지만 얼굴이 작고 몸이 호리호리해 지켜주고 싶다는 생각이 들 정도였다.

여자는 엘리아를 노려보며 말했다.

"어디서 행패야? 워커 년이 죽으려고."

여자는 껌을 질겅질겅 씹더니 공중에서 자신의 몸보다 두 배는 두꺼운 대검을 꺼내들어 어깨위로 올렸다.

엘리아는 입이 찢어지도록 웃었다. 그래도 조금은 재밌게 해줄 수 있는 사람이 나타난 것만 같았다. 분위기가 일반 병사들과는 확실하게 다른 것이 저 여자는 사람을 제법 죽여 본 년이었다.

"어머, 왜 이제와. 기다렸잖아~."

엘리아는 싱글벙글 웃으며 말했다. 여자는 엘리아의 행동에 헛웃으며 말했다.

"정신까지 돌았나보네. 이래서 워커년들은 짜증난다니까."

여자는 대검을 앞으로 내질렀다.

"내 이름은 처단자 프로노니아."

프로노니아는 4명의 대장 중에서 3번째로 강한 대장이었다.

혼에게 죽어버린 모비츠보다도 한 단계 위.

프로노니아는 모비츠와 친하지 않았다. 그러나 같은 대장이 워커에게 죽었다는 소리를 들었을 때는 불쾌해 미쳐 버리는 줄 알았다. 원래라면 워커들은 전부 살려서 데려가야 하지만 그런 거 없이 다 죽여 버려야겠다고 프로노니아는 생각했다.

적어도 처음 만나는 워커만이라도 반으로 쪼개야겠다. 그렇지 않으면 분이 풀리지 않을 것 같았다.

"넌 참~ 운도 안 좋아."

프로노니아는 처음부터 전력으로 갈 생각이었다. 프로노니아는 이를 악물고 외쳤다.

"공간 가르기."

프로노니아는 검을 하늘 높이 치켜들었다가 내리 찍었다.

프로노니아의 능력은 베는 것이었다. 그녀는 원하는 것은 뭐든지 벨 수 있는 능력자였다. 그것이 다이아몬드든 공간이든 상관이 없었다. 거리도 위치도 상관이 없다. 원하는 것을 모든지 베어버리는 참격. 모비츠가 프로노니아를 이길 수 없는 이유도 그곳에 있었다.

그녀는 불꽃도 쉽게 베어버리니까.

꿩음과 함께 공간이 일그러졌다. 엘리아가 서 있던 자리는 마치 유리가 깨진 것만 같이 산산조각이 났다가 순식간에 복구되었다.

공간은 복구가 된다. 하지만 그곳에 있던 사람은? 그 여파로 산산조각이 나지 않으면 다행이었다.

피할 수가 없다. 참격은 날아가는 시간이라도 있었지만 공간절단은 그렇지 않다. 검을 휘두르는 순간 공간은 찢어지고, 그 안에 있던 모든 것은 사라진다. 대검의 사거리만 의식하며 싸우던 워커들을 전부 찢어놓은 기술이다.

"우와와. 공간 절단이야!"

병사들이 전부 환호성을 질렀다. 살면서 프로노니아의 공간절단을 볼 수 있는 기회는 많이 없었다. 진귀한 구경을 해 신나 있는 병사들과는 달리 프로노니아는 인상을 쓰고 있었다.

'그걸 피해?'

"우와, 마술이야?"

프로노니아는 화들짝 놀라며 뒤를 돌았다. 그곳에는 엘리아가 히죽히죽 웃는 얼굴로 서 있었다.

"재밌는 구경 고마워. 근데 그게 끝인 거 같아 아쉽다."

프로노니아는 급히 대검을 잡은 손에 힘을 넣었다. 하지만 이미 엘리아의 손은 프로노니아의 등에 올라가 있었다.

"그럼 바이바이~. 원(元). 시그니피컨트 임펄스(Significant Impulse)."

섬광과 함께 모든 것이 폭발했다. 사방에 깔려 있던 모든 병사들이 빛 속으로 흔적도 없이 사라졌다. 일말의 비명조차도 지를 수 없게 만드는 공격. 그것이 엘리아의 원(元). 그 중앙의 엘리아는 큰 소리로 깔깔거리며 웃었다.

"하하하하, 이거 진짜 느낌 좋아. 너무 좋다고!"

탑 앞의 생존자, 한 명.

❋

6층까지는 프리패스였다. 병사들을 전부 탑 밖에 배치를 했기 때문에 탑 안에는 아무도 없었다. 6층 철문 앞에 도달한 혼은 마법진을 보고 인상을 찌푸렸다. 차라리 지문인식기 같은 것이라도 있는 게 간단하고 좋다.

마법진이라는 것은 예측을 할 수 없는 요소였다. 저 마법진이 단순히 문을 열고 닫는 것이 아니라 반사라도 한다면? 문을 부수기 위해 기술을 사용했다가 역으로 당할 수도 있다는 말이었다.

혈석이라는 좋은 치료제가 있기는 하지만 부상당한 순간 습격이 들어온다면 꼼짝 못하고 당할 수 있었다.

"이럴 때는."

혼이 다테를 쳐다봤다.

"부셔봐."

"내가? 그러지 뭐."

다테는 아무 생각 없이 앞으로 나섰다. 이럴 때는 객관적으로 봤을 때 전투력이 가장 낮은 사람에게 위험을 맡기는 것이 합리적이다. 루시오나 헥터의 실력을 모르지만 적어도 혼과 다테 중 더 약한 것은 다테였다.

다테는 맹수화를 사용했다. 사자의 것처럼 사지가 바뀌고 그는 곧바로 주먹에 철(鐵)의 기운을 담았다.

"흐읍!"

다테는 있는 힘껏 문의 정중앙을 쳤다. 혼은 무슨 일이 일어나도 대응을 할 수 있게 마음의 준비를 하고 있었다.

쾅!

굉음과 함께 철문이 넘어갔다. 혼은 흠칫 놀란 상황에서 그대로 굳어 있었다.

"부서졌다."

다테는 손을 털며 말했다. 루시오 또한 아무 일이 없어 오히려 당황한 듯싶었다. 마법진은 정말로 단순한 방범용이었을까?

그러나 그때 하이 톤의 알람이 울리기 시작했다. 네 사람이 동시에 귀를 막게 될 정도로 큰 소리.

아주 단순한 것을 잊고 있었다. 아니, 아주 이렇게까지 마법진이 단순한 것이라면 어쩔 수 없다고 혼은 생각했다.

마법진은 경보음을 알리는, 지구에도 흔히 있는 방범시

스템이었다. 소음은 계속해서 이어졌지만 혼은 귀에서 손을 떼고 문 안으로 걸어 들어갔다.

"들어가자."

"뭐?! 안 들려!"

다테가 귀를 막은 채 소리를 질렀다. 혼은 한심하다는 듯 다테를 흘깃 보고는 안으로 걸어 들어갔다.

같은 시각, 알람은 유령들이 거주하는 원통 안에도 울려 퍼지고 있었다. 아까까지만 해도 여유롭게 게임이나 하던 유령들은 전부 같은 주제로 속닥거렸다.

"지, 진짜 탈출 할 수 있는 거 아니야?"

"에이, 말도 안 돼. 대장 녀석들은 반대편의 미로 워커들이 어떻게 할 수 있는 수준이 아니잖아."

"아니, 그래도 트라이 마스터가 2,3명 오면 또 모를걸?"

"그 트라이 마스터가 어디 있냐? 반대편 미로에 10명도 안되고, 대부분은 열쇠를 찾느라 혈안이 되어 있을 텐데."

에이카는 양 주먹을 꼭 쥐었다. 알람의 정체는 분명히 혼일 것이다. 대놓고 철문을 설치해 놓을 정도로 힙시들은 방어에 자신이 있었다. 단 한 번도 탑이 외부인에게 뚫린 적은 없었다. 경보음은 혹시나 잠입에 능숙한 워커들이 문만 노리고 들어올 때를 대비한 것이었다.

'어쨌든 문은 뚫었다.'

정면돌파를 한 것인지, 아니면 우회해서 잠입한 것인지는 아직 확실하지 않다. 하지만 천화가 잡혔다는 것은 힙시들이 워커들을 사냥하기 시작했다는 것이다. 그럼에도 경보음은 울리고 있다.

이 말은 곧 대장들의 추격을 따돌렸다는 뜻이다. 그들을 격퇴한 것인지, 아니면 단순히 도망친 것인지는 모르겠으나 여기 유령이 된 얼간이들보다는 훨씬 능력 있다는 것이다.

쿵!

경보음이 들린 지 몇 초 지나지 않아 원통이 흔들렸다. 유령들은 그제야 진짜로 뭔가가 진행되고 있다는 것을 느꼈다.

"뭐야? 폭발?"

"대장들 중에 폭발 능력 있는 놈 있어?"

"없다고. 없어. 도대체 무슨 일이 벌어지고 있는 거야?"

이곳의 유령들 중 대다수는 대장들에게 잡혀온 것이다. 물론 병사들이 잡아온 몇몇 약한 이들도 있었지만 듀얼마스터만 되더라도 병사들은 쉽게 처리하고 도망칠 수 있었다.

덕분에 유령들은 4대장의 능력을 전부 알고 있었다. 워커들이 들어왔을 때 유령들의 자유시간이 제한되는 것도 그 때문이었다. 에이카야 완전 신입이라 그러한 사실을 모르고 혼에게 다음에 보자는 말을 했지만.

모두가 웅성거리며 희망을 보고 있을 때 원통의 문이 열렸다. 그냥 벽인 줄 알았던 곳이 미끄러지듯 옆으로 열린 것이다.

그곳에서는 안경을 쓴 백발의 사내가 나타났다. 외모는 30대 초반으로 힙시들의 기준에서는 많아보였지만 역시나 미남이라고 부를 수 있는 얼굴이었다. 남자는 피곤한 눈으로 안경을 올려 쓰더니 입을 열었다.

"망할 워커들아. 너희의 안전을 위해 보금자리를 옮기기로 했다. 환호해라."

남자는 귀에 손을 가져다대고 환호성을 기다렸다. 하지만 유령들은 모두 굳은 채 남자를 쳐다볼 뿐이다.

남자의 이름은 팔레그. 유령들을 관리하는 사람으로 4명의 대장 중 서열 2위였다.

"환호성 안 지르냐?"

팔레그는 짜증을 내며 손을 높게 들었다가 내리쳤다. 그러자 공중에 떠 있던 유령들이 전부 바닥으로 낙하했다. 이미 바닥에 앉아있던 이들은? 땅에 붙은 껌 마냥 엎드릴 수밖에 없었다.

"환호성?"

"우와와와!"

눈치가 빠른 워커들은 재빨리 있는 힘껏 환호성을 질렀다. 전부 중앙도시의 시험까지 통과한 이들이었다. 죽음의 첫 번째 미로를 통과한 만큼 누가 갑인지를 알아보는 눈치는 굉장히 빨랐다.

"좋아, 좋아."

팔레그는 모두를 일으켜 세웠다. 워커들은 불만이 가득했지만 표정으로 내색하지 않았다. 저 괴짜를 자극하면 또 무슨 꼴을 당할지 모르기 때문이다.

팔레그는 손을 휘저어 공중에 반투명한 그물을 만들었다.

"자, 다 들어가거라."

팔레그가 말하자 모든 워커들이 그 안으로 빨려 들어갔다. 천화와 에이카도 예외는 아니었다. 팔레그는 그물의 끈을 잡고 밖으로 나섰다. 백 명이 넘는 사람을 담은 그물은 작은 입구를 지나갈 수 있게 작아졌고 그 안의 사람들도 같이 작아졌다.

마치 유령이 자신의 장난감인 듯, 팔레그는 워커들을 완벽하게 지배하고 있었다.

"어, 어디로 가는 거죠?"

천화가 에이카한테 물었다.

"그걸 왜 나한테 물어? 나도 이 꼴이 된 지 2주일 됐다고."

2주일이 아니라 2년이 되었어도 팔레그가 어디로 가는

지는 알 수 없었을 것이다. 그만큼 특별한 상황이었다.

"잠시만요."

천화는 사람들을 밀며 앞으로 걸어갔다. 팔레그의 바로 뒤까지 간 천화는 최대한 정중하게 말했다.

"저, 저기. 대장님. 지금 무슨 일이 일어나고 있는 건가요?"

"아, 별거 아니야."

팔레그는 의외로 친절하게 대답했다.

"개미 같은 워커 녀석들이 들어와서 말이야. 아르쿨 대대장과 프로노니아가 갔으니까 그 자식들도 곧 이곳으로 오겠지."

천화는 심호흡을 했다. 걱정하는 듯한 목소리가 나오면 팔레그가 정보를 주지 않을 가능성이 있었다.

"버, 벌써 잡혔나요?"

"잡힌 거나 마찬가지지."

천화는 아주 작게 안도의 한숨을 내쉬었다. 아직 잡힌 것은 아니라는 소리였다. 또한 팔레그가 유령들을 이동시키는 것으로 혼이 이 근처까지 왔다는 것을 알 수 있었다.

그렇다면 이렇게 이동할 수는 없었다. 한시라도 빨리 혼을 만나 상황을 정리해줘야만 했다. 천화는 어떻게 해야만 할지 곰곰이 생각했다. 시간을 끌려고 해봤자 그물에 갇힌 상황에서는 방법이 없었다.

'어쩌지? 어쩌지? 생각해라. 생각 좀.'

천화는 고민에 고민을 하다가 한 가지를 떠올렸다.

하양이.

아직 하양이가 무사한지조차 알 수 없었다. 하양이의 정체를 이들이 안다고 가정할 경우 하양이가 무사할 가능성은 극히 낮았다. 그러나 그것이 어떠한 수가 될 수도 있었다. 누구나 그렇겠지만 힙시들은 백령을 보물로 생각하는 듯싶었다.

"저기⋯⋯. 대장님. 백령이라고 아시죠?"

천화가 조심스럽게 말했다. 팔레그는 백령이라는 단어에 반응하며 말했다.

"아, 네가 그 백령을 데리고 다니던 워커인가? 동료들 덕분에 아주 바빠졌어. 고맙네. 고마워. 백령은 우리가 잘 써주지."

팔레그는 천화를 비꼬며 말했다. 천화는 곧 바로 본론에 들어갔다.

"그 백령이 한 마리 더 있는데."

"거래를 하자고?"

팔레그는 생긴 대로 눈치가 빠른 놈이었다. 천화는 작게 고개를 끄덕였다. 팔레그는 천화를 가만히 쳐다보다가 미소를 지으며 말했다.

"어디서 워커 따위가 거래야? 넌 지금 내 장난감이라

고. 봐봐, 너도 그러고 놀았겠지? 어렸을 때 인형 다리를 찢고, 관절을 돌리면서. 이렇게."

팔레그는 걸음을 멈추고 손가락을 튕겼다. 그러자 천화의 팔이 360도 돌아갔다.

유령이었음에도 통증이 그대로 뇌를 강타했다. 천화는 이를 악물고 비명을 참았다. 하지만 새어나오는 신음소리는 어쩔 수 없었다.

"크윽."

천화는 무릎을 꿇은 채 팔레그를 올려보았다.

"창고에 있는데. 그냥 줄 테니 나만 빼주면 안 돼요?"

천화는 또박또박 말했다.

유령이 되고 나서 창고가 안 열린다는 것은 이미 알고 있는 사실이었다. 카드게임을 하는 남자들이 카드를 주머니에 챙기는 것으로 눈치를 채고 이미 시험을 해보았다.

"백령은 창고에 넣을 수 없어."

"누가 백령이래요? 백령이 푸른 혈석 아닌가요? 왜 대장님이 원하는 것도 백령이 아니라 그 안에 있는 푸른 혈석일 테니까 상관없겠죠."

팔레그는 천화의 말에 미소를 지었다. 그리고 박장대소하며 말했다.

"너의 말에는 허점이 있어."

"허점?"

"첫째, 너는 백령을 동료로 생각하지. 죽이지 않고 여행하고 있는 것이 그걸 증명해. 둘 째, 네가 싸우는 거 봤다. 백령을 열심히 지키더군. 백령을 물건 취급하는 사람이 그럴 리는 없지. 그리고 셋 째."

팔레그는 천화의 귀에 대고 속삭이듯 말했다.

"본체를 죽이면 그건 어차피 나와."

그렇다. 본체를 죽이는 순간 창고에 있던 물건은 전부 튀어나온다. 푸른 혈석도 마찬가지일 것이다.

창고는 그 어떤 도둑도 범접할 수 없는 최고의 보관함이다. 그러나 최고의 전사에게는 어린 아이의 목을 비트는 것보다 쉬운 것이 창고 열기다. 팔레그는 이미 천화의 창고를 손에 가지고 있다고 봐도 무방했다.

"내가 언제 내 창고에 있다고 했나요?"

천화는 당황하지 않고 말했다. 팔레그는 인상을 찌푸리며 고개를 갸웃했다.

"내가 가지고 있는 안전지대, 그곳에 있어요."

창고는 위험하다.

예를 들어 천화가 푸른 혈석을 창고에 가지고 있는 것을 누군가, A라는 인물이 알았다고 치자.

그렇다면 A가 취할 행동은 단순하다. 천화를 죽이고 창고에서 튀어나오는 푸른 혈석을 가지고 가면 되는 것이다. 그러나 만약에 천화가 안전지대를 가지고 있고, 자기만 아는 비밀장소에 숨겨놓았다면 어떨까?

A는 어쩔 수 없이 천화를 살려둬야만 한다. 그렇지 않으면 푸른 혈석의 행방을 알 길이 없기 때문이다.

미궁의 워커들은 모든 물건을 창고에 넣지 않는다. 창고에 넣을 경우 누군가가 훔쳐갈 걱정은 없겠지만 자신의 목숨은 더욱 더 위협받을 수밖에 없다.

팔레그는 천화를 노려봤다.

"푸른 혈석을 드리죠. 안전지대가 어디 있는지도 알려줄게요. 일단 몸만 돌려주면 이곳에서 좀 살아도 상관없어요. 어때요?"

"어떻게든 살아보려고 용을 쓰는구나."

"생물체가 살려고 발버둥치는 게 이상한 일인가요?"

천화가 당연하다는 듯 말했다.

팔레그는 미소와 함께 천화를 옆으로 빼내었다. 가만히 두 사람의 대화를 보고 있던 워커들은 전부 부러운 눈초리로 천화를 쳐다봤다.

그물에서 빠져나오긴 했지만 천화는 움직일 수 없었다. 아직 유령체인 이상 팔레그의 지배에서 벗어날 수 없는 것이었다.

"그거 아나?"

팔레그가 말했다.

"유령의 좋은 점은 죽지 않는다는 것이다. 본체의 생명력이 다 사라지기 전까지 소멸되지 않지."

그 순간 안 좋은 예감이 스쳐지나갔다.

"그 말은 고문이 쉽다는 거야. 너의 말을 믿어주지. 다만 고문해서 알아내겠어. 내 방에 가 있어라."

천화는 버릇처럼 혀로 입술을 적셨다.

급조한 시나리오에 팔레그가 속을 것이라고는 생각하지 않았다. 이런 돌발행동을 한 이유는 딱 하나였다. 혼이 오고 있는데 자신이 어디론가 이동하면 안 되기 때문이었다. 일단 그물에서 자신을 빼낸 것으로 보아 팔레그의 방은 이 근처였다.

작전은 성공적이다.

"그럼 금방 갔다 오지."

팔레그는 킥킥거리며 웃은 뒤 앞으로 걸어가 엘리베이터를 탔다. 천화는 반투명한 줄에 묶인 채 어디론가 날아갔다.

"야! 내 얘기 꼭 해!"

멀어지는 천화에게 에이카가 허겁지겁 외쳤다. 에이카는 천화의 생각을 읽었다. 천화가 무리해서라도 이곳에 남은 이유는 자신의 동료들을 만나기 위함이리라. 그렇다면 지금이 부탁을 할 수 있는 마지막 기회였다.

천화는 에이카의 말에 고개를 끄덕였다. 에이카는 눈을

질끈 감으며 중얼거렸다.

"아무것도 해준 건 없지만……. 도와달라고 누가 좀."

반투명한 밧줄은 팔레그의 방에 도착하자마자 천화를 의자에 묶었다. 아래층으로 내려오면서 창문 밖으로 보이는 풍경을 보았다. 천화의 머릿속에는 도시의 지도가 어느 정도 만들어져 있어 자기 자신이 어디 있는지를 알아낼 수 있었다.

'탑이구나.'

혼이 수상하다고 했던 탑이다. 천화는 한 층을 올라가 제일 끝 방에 위치했다.

높이로 계산해 보건데 대충 탑의 11층쯤인 것 같았다. 천화는 방을 열심히 살펴보았다. 이제 도망치는 일만 남았다. 가만히 앉아 있다가는 변태 같이 생긴 팔레그에게 무슨 꼴을 당할지 모른다.

"어쩌지? 그보다 엘리베이터였지?"

모르긴 몰라도 엘리베이터는 전기로 움직이는 물건이 아니던가. 그런 의문점에 잠겨 있을 때 방문이 열리고 한 남자가 들어왔다.

안경을 쓴 백발의 남자.

팔레그였다.

NEO MODERN FANTASY STORY & ADVANTURE

네이크
헌터

Maze Hunter

3

"여기냐!"

"퍼킹, 방이 졸라 많잖아! 도대체 어떤 개자식이 도면을 만든 거야?"

문 안으로는 복도가 길게 이어져 있었고, 끝부분에는 위로 올라가는 계단이 있었다. 한 층을 올라가자 또 다시 복도가 나왔다. 아래층과는 다르게 복도에 문이 붙어 있었다.

다테와 헥터는 열심히 문을 열어보고 있었다. 급할수록 돌아가라는 말도 있지 않은가. 뭐가 어디에 숨겨져 있는지 모르는 상황에서는 문을 하나씩 열어보는 것이 가장 빠른 길이었다.

대부분의 방에는 SF영화에서 보던 캡슐 같은 것들로 가득
했다. 한 방에 빼곡하게, 마치 10개는 들어가 있는 듯싶었다.

다테와 헥터는 그런 캡슐을 무시했다. 헥터가 찾고 있
는 것은 밖으로 나가는 통로를 알려줄 높은 사람. 다테는
천화뿐이었다.

다테와 헥터는 7층을, 루시오와 혼은 그 위층인 8층을
맡기로 했다.

순식간에 7층을 전부 돌아본 다테와 헥터는 곧장 위로
올라갔다. 8층에서는 혼과 루시오가 다테와 헥터가 했던
것처럼 온 문을 전부 열어보고 있었다.

"이봐, 아래는 다 봤어. 위로 올라간다. 빨리, 빨리 움직
이라고!"

헥터는 허벅지를 치며 격려 아닌 격려를 했다 다테는
그런 헥터를 무시하고 9층으로 올라갔다. 그곳은 다른 층
과는 다르게 넓은 홀이었다. 보랏빛 조명과 희미한 꽃향
기가 정신을 몽롱하게 만드는 곳이었다.

다테는 인상을 찌푸리고 사방을 둘러보았다. 마법진과
조각상, 그리고 마치 제물을 바치기 위해 만들어진 단상.

"기분 더럽게 나쁜 곳이네."

"이런 곳이라면 아주 잘 알고 있지."

헥터가 의미심장하게 말했다.

"이런 분위기의 샵에 예쁜 여자들이 많더라고."

헥터는 자랑스럽게 말하고 다테에게 윙크를 날렸다. 다테는 사뿐하게 무시를 하고 바로 달렸다. 홀이라 딱히 살펴볼 일도 없어 시간을 절약할 수 있었다. 위층으로 올라간 다테는 또 길게 늘어선 방에 한숨을 쉬었다.

"몇 층까지 있는 거야?"

띵!

그때, 익숙한 소리가 들렸다. 백화점 같은 곳에서 엘리베이터가 도착할 때 나는 소리였다. 소리는 위층에서 들려왔다. 잠시 생각을 하던 다테는 뒤따라오는 헥터의 어깨에 손을 올리며 말했다.

"혼자 보게. 난 위를 볼 테니까."

"이봐, 이봐. 잽(Jap). 차근차근 하자고. 차근차근. 적이라도 튀어나오면 어쩌려고?"

"시끄럽고 그냥 봐. 어린 새끼가 아주 그냥."

다테는 신경질적으로 말하고 위로 올라갔다. 조심스럽게 올라가던 다테의 눈에 맨 끝 방으로 들어가는 한 남자가 들어왔다. 확실히 다른 복도에 있는 문들과는 다르게 원목으로 만든 고급스러운 문이었다.

지금까지 헛물만 켰던 것과는 달리 뭔가 있다는 냄새가 강하게 풍겼다. 방으로 들어간 남자는 분명 이 도시의 간부 중 하나일 것이다. 잡아다가 고문을 하던 협박을 하던 해서 천화가 어디 있는지 알아낼 수 있을 것이다.

다테는 망설임 없이 방으로 뛰어 들어갔다.

"꼼짝 마 이 자식아!"

다테는 지구에 있을 때 많이 들었던 말을 뱉었다.

"다테씨?"

다테는 반투명한 천화와 눈을 마주쳤다. 순간 머리가 하얘졌다. 처음 이 도시에 들어왔을 때 봤던, 이름도 기억 안 나는 그 여자처럼 천화도 유령이 된 것이다.

멍하니 있던 다테는 금세 자신이 적진 한 가운데에 들어와 있다는 것을 깨닫고 고개를 휘저었다.

"이 자식! 뭔 짓을 해 놓은 거야?"

"뭐야? 여기까지 들어왔어? 망할 아르쿨 대대장이랑 프로노니아는 뭐하는 거야?"

"대답 안 해?!"

다테는 양 주먹에 화(火)기운을 담아 내질렀다. 팔레그는 인상을 쓰며 다테의 주먹을 피했다. 팔레그가 비켜서자 다테는 곧바로 천화에게로 가 그녀를 묶고 있는 밧줄을 풀려고 했다. 반투명한 물체였지만 다행히 만져졌다.

"기다려. 금방 풀어줄게."

"다테씨, 잠깐만요. 그러시면 안돼요."

천화의 다급한 외침에도 다테는 밧줄을 풀었다. 그 순간 천화의 오른손이 다테의 턱을 강타했다.

"크윽."

천화도 퍼스트 마스터. 신체능력은 어디 가서 꿀리지 않았다. 다테는 고개를 털면서 일어났다.

"무, 무슨?"

"조종당하고 있어요! 빨리 도망쳐요."

"조종?"

다테는 팔레그를 노려봤다. 아무래도 천화를 조종하고 있는 것은 저 안경 낀 남자인 듯싶었다. 모르긴 몰라도 저 남자는 천화를 유령으로 만드는데 많은 기여를 했을 것이다. 그렇기 때문에 조종도 할 수 있는 것이겠지.

"둘이 한번 싸워보라고. 난 몸 쓰는 스타일이 아니야."

팔레그는 진절머리가 난다는 듯 고개를 절레 흔들었다. 그리고는 고급스러운 의자에 앉아 와인 잔을 들었다.

"싸워 봐. 어디 한 번."

다테는 천화를 슬쩍 쳐다봤다. 천화의 능력은 초재생. 그녀의 신체능력으로는 마음먹고 공격하는 다테를 막을 수 없었다. 즉, 지금 팔레그는 무방비나 다름없다는 것이었다. 다테는 단 한 번의 공격 찬스를 살리기 위해 최대한 냉정을 유지했다.

그렇게 눈치를 보던 다테가 달려드는 순간, 팔레그가 입을 열었다.

"아, 그리고 나를 공격할 생각은 하지 않는 게 좋아."

팔레그는 공중에 손가락을 돌렸다. 그러자 천화의 어깨가 360도로 돌아갔다.

"꺄아악!"

천화는 아픔을 참지 못하고 비명을 질렀다. 팔레그를 기습하려던 다테는 눈을 동그랗게 뜨고 굳어버릴 수밖에 없었다.

"네가 날 공격하려고 할 때마다 이 여자에게 죽고 싶을 정도의 고통을 주도록 하지. 참고로 죽지는 않아. 영원히 고통 받을 뿐이야. 그건 알아두라고. 내가 목을 360도로 돌려도 말이지. 이렇게."

팔레그는 다시 손가락을 돌렸다. 그러자 천화의 목이 180도 거꾸로 돌아갔다. 천화는 비명조차 못 지르고 컥컥거렸다. 그러나 죽을 수는 없다.

다테는 입술을 피가 나도록 깨물었다.

"공격하지 않았잖아. 그만 두라고!"

"그러지 뭐."

팔레그는 다시 천화의 고개를 정상으로 돌려놓았다. 천화는 눈을 감은 채 가만히 서 있었다. 최대한 덤덤한 척하려고 했지만 이미 안면의 근육이 꿈틀거리는 것이 금방이라도 눈물을 터트릴 것만 같았다.

"자, 가만히 있으라고. 네 달링이 아프지 않으려면 네가 아파야지. 엔트로피 법칙이라고."

팔레그가 지껄이는 헛소리는 다테의 귀에 들리지 않았다. 천화는 자신의 팔을 조종하기 위해 악을 썼지만 몸은 팔레그가 조종하는 대로 움직였다.

천화의 주먹은 가만히 서 있는 다테의 얼굴을 쳤다. 다테는 딱히 대응하지 않았다. 아무런 방어 없이 맞는 천화의 주먹은 정신이 날아갈 정도로 아팠지만 자신이 대응할 경우 천화는 더 심한 꼴을 당할 것이다.

"아하하, 그래. 그래. 인간들은 그딴 감정 때문에 병신 짓을 하기도 하지. 남인데 그냥 무시하면 되잖아? 그게 어려워?"

팔레그는 흥미롭다는 듯 턱까지 괴고 다테를 쳐다봤다. 결국 천화의 주먹을 3번이나 정통으로 받은 다테가 뒤로 무너졌다. 하지만 다테는 바로 다시 일어났다.

"다테씨, 도망쳐요. 그냥 도망……."

"남자 우습게보지 마라."

다테는 잔뜩 폼을 잡고 말했다. 그때 팔레그의 방문이 열렸다.

"꼴은 우스워 보이는데?"

혼은 다테의 얼굴을 보며 말했다. 천화의 비명소리를 듣고 올라온 것이다.

천화가 유령의 모습이 되어 다테를 때리고 있다. 그것만으로도 혼은 상황파악을 했다. 천화는 정신적으로든,

메이즈헌터 101

물리적으로든 조종을 당하고 있는 것이고 그렇기 때문에 다테는 아무것도 하지 못하고 그저 맞고만 있는 것이다.

"그럼 어쩌라고?"

다테가 열 받은 듯 따졌다.

"우리가 저 자식을 공격하면 천화의 사지가 뒤틀릴 거야. 죽지도 못하고 자신의 목과 팔이 꼬이고 꼬이는 걸 봐야만 한다고. 그럴 바에는 차라리 내가 맞는 게 낫지."

"죽지도 못한다고?"

혼은 다테에게 되묻고는 피식 웃었다.

"별 문제 없네."

혼은 세버런스를 팔레그를 향해 겨누었다. 팔레그는 낄낄거리며 웃었다.

"뭐야? 날 공격하면 어떻게 되는지 잊었어?"

팔레그는 천화의 무릎을 돌렸다. 관절이 강제로 돌아가는 것은 참을 수 없이 아팠다. 천화가 비명을 지르며 쓰러졌음에도 혼은 천화를 바라보지 않았다.

"참아. 저 놈 말 대로면 안 죽는다."

혼은 그렇게 말하고 팔레그에게로 뛰었다. 팔레그는 화들짝 놀라 몸을 날려 피했다.

"이봐, 네 여자가 어떻게 되고 있는지 모르겠어?"

팔레그는 천화의 목을 꼬았다. 약간의 잔인한 장면을 연출하지 않으면 혼을 막을 수 없을 듯싶었다. 혼은 천화를 슬쩍 보더니 말했다.

"비명소리가 안 들려서 좋군."

팔레그는 재빠른 놈이었다. 혼은 신속을 끝까지 끌어올렸다. 마하의 속도를 과연 컨트롤 할 수 있을까.

혼은 천화의 아픔을 무시하고 있는 것이 아니었다. 중앙 도시에서 시험의 문을 지날 때 생긴 따뜻한 감정이 혼의 심장을 터질 듯 조이고 있었다. 그러나 혼은 냉정을 유지했다. 지금은 팔레그를 빨리 제압하는 것이 천화를 위해서도 좋은 일이었다.

냉정 속에 고요하게 분노가 자리 잡고 있었다. 혼은 불꽃을 끄지 않았다. 약간의 흥분은 자기 자신의 능력을 한계 이상으로 끌어올리기도 한다.

혼은 정말 이를 악물로 팔레그를 쫓았다. 팔레그는 열심히 도망쳤지만 2번 대장이라는 타이틀로 유령을 만들고, 조종하는 능력을 얻은 그였다. 무기가 없는 이상 혼의 신속에 대항할 수 없었다.

혼은 순식간에 팔레그를 벽으로 밀어 붙였다. 혼은 팔레그의 목에 세버런스를 가져다대고 말했다.

"당장 천화를 편하게 해라."

"편하게? 죽이라고? 못해 그런 건……."

팔레그가 웃으며 농담을 하는 순간 혼이 그의 다리를 잘랐다. 정말 말 그대로 절단을 해버렸다. 팔레그는 눈만 살짝 내려서 땅에 뒹굴고 있는 자신의 다리를 확인했다.

"이, 이, 씨발. 씨바알!"

팔레그는 고통에 몸부림을 쳤다. 그러나 혼은 그런 그의 입에다가 주먹을 쑤셔 넣으며 말했다.

"내 말이 뭔 뜻인지 알거다."

팔레그는 고개를 끄덕이더니 손가락을 튕겼다. 그러자 천화의 몸이 정상으로 돌아왔고, 고통에 바닥을 기던 천화는 기절한 듯 죽은 듯 누워있었다.

"자, 이제 천화를 자기 몸으로 돌려라."

팔레그는 고개를 끄덕이며 뭐라고 말하기 위해 애를 썼다. 혼은 팔레그의 입에서 주먹을 빼고 그가 하는 말을 들었다.

"알았다고. 하지만 살려주겠다고 약속해."

"약속하지 않으면?"

"그냥 죽이던가. 나 없으면 쟤는 평생 유령인 채로 살아야 한다고."

"그럼 살려주지. 약속하마."

혼이 확신을 담은 눈빛을 보냈다. 하지만 팔레그는 고작 말로 상대를 신뢰할 정도로 멍청하지 않았다.

"살려주고 죽이면 어떡하라고?"

"믿고 싶지 않으면 믿지 마라. 단순히 너와 천화가 같이 죽던가, 아니면 둘 다 살던가하는 문제니까 말이야."

혼은 냉정하게 말했다. 살기는 진짜였다. 정말로 팔레그가 수작을 부릴 경우 혼은 팔레그를 죽일 생각이었다. 천화는 정말로 소중한 동료였지만 천화를 살리기 위해 자신이 죽을 생각은 없다.

팔레그는 잠시 생각하더니 말했다.

"알았어, 알았다고."

팔레그가 손가락을 튕기는 순간 천화가 사라졌다. 천화를 걱정스럽게 쳐다보던 다테는 혼에게로 시선을 옮겼다. 혼은 팔레그를 노려보았다.

"몸으로 돌아갔다고. 돌아갔어! 곧 있으면 지 혼자 캡슐에서 빠져나와 올 거야. 확인해 봐도 좋다고. 그러니까 좀 놓으란 말이야!"

"그런데 어쩌냐? 나도 너 못 믿겠다."

혼이 말하자 팔레그가 눈을 동그랗게 떴다.

"진짜 살아났다니까? 몸으로 돌아갔다니까?"

"아니, 근데 못 믿겠어."

혼은 알고 있었다. 팔레그가 천화를 몸으로 돌린 것은 사실이었다. 팔레그는 워커, 즉 인간을 잘 알고 있는 듯싶었다.

인간은 감정에 따라 움직이는 생명체다. 천화가 살아났다고 하는 순간 팔레그는 혼과 다테가 천화를 찾기 위해 뛰어나갈 것이라 생각했다. 왜냐? 그들의 목적은 천화를 살리는 것이기 때문이다. 인간은 자신이 원하는 것을 이루었을 때, 그것을 확인하는 것을 최우선순위로 삼는다.

그들이 살아난 천화를 만난다면 다시 팔레그와 싸우기 위해 돌아오기 보다는 탈출을 도모할 것이라는 것도 예상했다. 싸우는 것은 비효율적이기 때문이다. 그렇다면 천화를 살렸다고 거짓말을 치는 것보다 진짜로 살린 뒤 이들을 도망치게 놔두는 것이 더 나은 선택이었다.

어차피 워커들은 수 없이 많다. 고작 저 천화라는 여자 하나가 빠진다고 도시가 어떻게 될 리는 없다.

그럴 터였다. 하지만 혼은 달랐다.

"네가 만약에 천화를 살리지 않았다면, 아마 난 분해서 화병으로 죽을 거야. 그지?"

"살렸다니까!"

"그래서 보험을 들려고. 널 죽이고 천화가 살아났으면 그냥 좀 미안해하고 말면 되잖아? 근데 너를 안 죽이고 천화가 살아나지 않으면? 분해 죽지. 그래서 널 죽이게."

"야 이 개새끼야!"

세버런스는 팔레그의 욕을 가로지르며 그의 목을 향해 날아갔다. 그 순간 빛의 구가 하나 날아와 혼을 쳤다.

혼의 옆구리가 활처럼 휘었다. 세버런스는 아슬아슬하게 팔레그의 목을 스쳤다.

혼은 벽에 부딪힌 뒤, 땅에 떨어졌다. 하지만 혼은 재빨리 전투태세를 갖추고 빛의 구를 날린 남자를 보았다.

"대대장! 어디 갔다가 이제 와!"

팔레그가 고래고래 소리를 질렀다. 그의 다리에서는 아직도 피가 줄줄 나오고 있었지만 인간과는 구조가 다른지 과다출혈로 정신을 잃지는 않고 있었다.

"밖에 난리가 나서. 좀 일을 보고 왔다."

"밖에 난리라."

혼은 피식 웃었다. 엘리아가 대대장까지 자기 쪽으로 끌어놓은 것이다. 만약에 엘리아가 강하지 않았다면 아마 이 방에 오기 전에 아르쿨을 만나 전투를 치렀어야 했을 것이다.

"게다가 처리도 못했지."

아르쿨은 엘리아에게 10개가 넘는 환영을 남겨두고 왔을 뿐이었다. 환영이 다른 환영을 만들 테니 사실상 엘리아는 환영과 싸우고 있을 수밖에 없는 것이다.

아르쿨은 혼을 보고는 생각했다.

'그때 죽였어야 하나.'

혼은 사정 봐가며 싸울 상대가 아니었다. 모비츠, 프로노니아도 죽었다. 팔레그까지 아르쿨이 제때 도착하지 않았다면 죽었을 것이다. 4명의 대장 중 1번을 빼놓고 전부 전투능력을 상실했다.

"이야, 여기 다 있었네."

루시오와 헥터까지 아래층을 훑어보고 올라왔다. 아르쿨은 합류한 두 사람 또한 무시할 수 없는 놈들이라고 생각했다.

"뭐 상관없겠지."

아르쿨은 창을 소환했다. 아르쿨이 싸울 생각이라는 것을 알아챈 혼은 다테에게 말했다.

"캡슐 안에 사람이 있었다. 천화도 그 안에 들어있었을 거야."

다테는 혼의 말을 알아차리고 고개를 끄덕였다. 천화의 고통을 무시하며 싸운 혼에게는 한소리 해주고 싶었지만 그의 판단이 틀렸다고는 생각하지 않는다.

따지든 욕을 하든 나중의 일이다. 다테는 천화를 찾아 밖으로 나갔고, 아르쿨은 딱히 그를 막지 않았다. 지금 상황에서는 한명이라도 사라져 각개격파를 할 수 있게 되는 것이 아르쿨에게는 좋은 일이었다.

"그럼 시작해볼까?"

혼이 손을 풀었다. 루시오와 헥터는 서로 눈으로 신호를 보내다 입을 열었다.

"어이, 그럼 열심히 싸우라고. 우린 위를 볼 테니까."

"그럴 일은 없을 거다."

아르쿨은 루시오의 말에 반응하며 환영을 만들었다.

4개의 환영이 계단으로 돌아가는 루시오의 앞을 막아

섰다. 루시오는 헥터에게 말했다.

"부탁할게."

"아따 짜증나는 능력이네."

헥터는 요요를 꺼내 들었다. 그리고는 한 번에 날려 4개의 환영을 동시에 제거했다. 길이 열린 순간, 루시오가 위층으로 올라가는 계단으로 달렸다. 헥터 역시 수없이 불어나는 환영을 제거하며 루시오의 뒤를 따랐다.

"제길."

아르쿨이 처음으로 인상을 썼다. 위에는 생명의 어머니인 라리아의 방이 있었다. 혼을 무시하고서라도 저들의 앞을 막아서야 하는 것인가?

혼의 속도를 보았을 때 그것은 불가능했다. 아르쿨은 혀를 차며 혼을 쳐다봤다.

"빨리, 끝내주마."

아르쿨이 혼에게 달려들었다. 순식간에 환영이 5개로 늘어났고, 혼은 무차별 공격을 정신없이 되받아 치고 있었다.

상황이 묘하게 돌아가는 것을 느낀 팔레그는 열심히 바닥을 기어 방 밖으로 도망을 쳤다.

"씨발, 진짜. 내가 여기서 죽을까 보냐."

팔레그는 혈석을 먹어 상처를 막고, 반투명한 다리를 만들어 일어섰다.

"개 같은 년. 죽여 버리겠어."

천화라는 여자. 아마 그 년은 자신의 동료들이 탑 안에 있는 것을 눈치채고 일부러 남았을 것이다. 처음부터 팔레그는 천화의 손바닥 안에서 놀고 있었다는 것이다. 즉 이 다리가 잘린 이유도 그년 때문이다.

팔레그는 천화의 몸이 어느 캡슐에 들어있는지 알고 있었다. 방금 전에 들어온 팔팔한 신체 아니던가. 다테라는 녀석이 찾기 전에 천화를 찾아 심장에 검을 박아줘야겠다.

"녀석들이 보는 앞에서 하면 더 좋겠군. 크크크."

팔레그는 살짝 절뚝거리며 천화가 있는 방으로 향했다.

다테는 아래층으로 내려가 캡슐이란 캡슐은 전부 꺼내 보고 있었다. 한 가지 걱정되는 것은 모든 캡슐에 인간이 들어있는 것은 아니라는 점이었다. 몇 개의 캡슐에는 마치 태아처럼 쪼그라든 생명체도 있었으며 대부분에는 노인이 들어있었다.

"제기랄. 빨리 찾아야……."

"이걸 찾나?"

팔레그가 천화의 몸을 들고 있었다.

유령은 개개인의 정신이다. 팔레그의 능력은 약화된 인간의 정신을 꺼내어 구속하는 것이었다. 그렇게 할 경우 정신이 살아있기 때문에 육체가 죽지 않는다. 혼수상태가 되는 것이다.

유령, 즉 정신이 돌아간 몸은 곧 바로 깨어난다. 팔레그의 유일한 걱정은 그것이었다. 천화가 깨어나 캡슐에서 꺼냈을 때 반항을 하는 것. 하지만 목이 꺾이고 사지가 돌아가는 고통을 맛본 천화는 아직도 정신을 못 차리고 있었다.

"망할."

팔레그는 킥킥거리며 웃었다.

"움직이지 말라고. 이번에는 죽일 수 있으니까."

다테는 8층을 뒤지고 있었지만 천화는 7층에 안치되어 있었다. 찾는 것이 어디 있는지를 모를 때는 순서대로 열어보는 것이 맞다.

안일했다. 팔레그가 살아있다는 것을 잊고 있었다. 기절을 한 것도, 그렇다고 완전히 전의를 잃어버린 것도 아니었다. 고작 다리 하나 잘렸을 뿐. 그럼에도 다테는 팔레그의 존재를 까맣게 잊고 있었다.

팔레그는 천화를 내려놓고 단검을 가슴에 가져갔다. 천화는 아직 정신이 없는 듯 축 늘어져있다. 다테는 천화의 얼굴을 유심히 보고 있었다. 이대로는 방법이 없다. 혼처럼 냉정하게 나갈까 생각하더라도 천화가 정신을 차리지 않는 한 둘 중 하나는 죽어야 할 판이었다.

그때, 천화가 살짝 눈을 뜨더니 다테에게 윙크를 보냈다.

다테가 당황한 채 가만히 서 있자 답답해하는 표정을 지으며 또 한 번 보냈다. 팔레그는 다테의 망연자실한 얼굴을 감상하느라 천화가 정신을 차린 것을 알아차리지 못하고 있는 듯싶었다.

천화는 뒤이어 입모양으로 말했다.

'연기, 연기, 연기.'

연기 좀 하라는 것이다. 아직 천화가 일어나지 않은 것처럼. 능력이 초재생이 아닌 것처럼 말이다. 다테는 천화의 작전을 알아듣고 나름대로 연기를 시작했다.

"그만 둬. 뭘 원해? 원하는 걸 말하라고."

"뭘 원하기는? 너희들의 절망이지. 위에 있는 놈에게 말해주라고."

"안 돼. 그만 둬!"

다테는 최대한 혼심의 힘을 다해 절규했다. 그것은 팔레그의 방심을 유도해냈다. 팔레그는 사이코처럼 웃으며 단검을 천화의 심장을 향해 내리찍었다.

"내 다리를 자른 값은 비싸다고 말이야! 아하하하!"

푸욱.

근육을 통과해 심장을 찌르는 짜릿한 쾌감이 팔레그의 손으로 전달되었다. 확실하게 목숨이 사라지는 그런 느낌. 가느다랗게 이어져 있던 생명선을 자신의 손으로 끊는 일은 최상의 쾌감을 느끼게 해주었다.

"지금이에요!"

그 순간 천화가 팔레그의 팔을 잡았다.

"무, 무슨?!"

심장을 찔린다고 곧바로 죽는 것은 아니었다. 하지만 그 고통은 정신을 마비시키고, 근육을 수축시키기에 충분했다. 원래라면 반항다운 반항도 하지 못해야 정상이었다.

"미안하다."

다테는 작게 중얼거리며 팔레그에게 달려들었다. 결국 자기 자신도 천화에게 고통을 강요했다.

다테는 있는 힘을 다해 주먹을 뻗어 팔레그의 면상에 꽂았다.

"터져라!"

폭(爆)의 기운.

팔레그의 안면의 꽂힌 다테의 주먹에서 작은 폭발이 일어났다. 그것은 인간형 동물의 약하디 약한 머리를 날려버리기에 충분했다. 구워져버린 살파편이 사방으로 튀었고, 마치 물 풍선이 터진 것처럼 피가 날렸다.

천화는 손을 들어 얼굴을 막고는 가슴의 단검을 빼냈다.

"아, 오늘 완전 구르네요."

천화는 민망하다는 듯 머리를 긁적였다. 다테는 그런

천화를 가만히 쳐다봤다. 순간적으로 안아버릴 뻔했지만 그러면 앞으로의 생활이 어색해질 것만 같았다.

"무사해서 다행이다."

다테는 눈높이를 맞추고 진심으로 말했다. 천화는 머리에 묻은 피를 손가락을 닦다가 벌떡 일어났다.

"뭐해요?"

"어?"

"혼씨 도와줘야죠."

천화는 살짝 미소를 지었다. 자신이 받았던 상처와 고통은 마치 없었던 일인 것처럼, 그녀는 아주 밝게 계단으로 향했다.

❖

혼의 양팔과 다리는 상처로 가득했다.

좁은 공간. 신속의 위력을 전부 다 낼 수 없는 곳이었다. 그에 비해 상대의 환영은 고립된 혼을 어디서든 공격할 수 있었다.

환영은 작은 상처에도 사라졌다. 하지만 환영들 중 사이에 진짜가 섞여 있는 것이 문제였다. 환영이라고 생각하고 살짝 벤 뒤 다른 환영을 상대하면 사라지지 않은 진짜가 치명타를 먹이기 위해 움직였다.

혼은 신들린 반사 신경으로 공격을 피했지만 한계가 있었다.

"완전 죽을상이군."

혼은 이미 용의 무구를 꺼내든 상태였다. 세버런스로는 환영 하나, 하나를 저격해야 했기 때문에 다수를 상대할 때는 조금이라도 검신이 긴 용의 무구가 더 나았다.

"너의 능력은 속도지. 너만큼 빠르지는 않았지만 그 능력을 가지고 있던 워커들은 많이 들어왔다."

아르쿨은 신속의 능력자를 많이 잡아 보았다. 그들을 상대하는 방법은 쉽다. 속도를 사용하지 못하는 장소로 유인하면 되는 것이다.

바로 지금처럼.

"난 바쁜 몸이다. 이만 죽어줬으면 좋겠는데."

혼은 환영들의 공격을 막느라 제대로 대답도 하지 못했다. 아르쿨은 다시 전투에 참여했다. 빠른 속도로 혼의 몸에 상처가 늘어나고 있었다.

"크윽."

아르쿨의 창이 혼의 목을 스쳤다. 몇 cm만 더 깊었어도 동맥이 날아갈 수 있는 공격이었다. 점점 더 급소를 내주는 빈도가 늘어나고 있었다.

'이대로라면 내가 먼저 죽겠군.'

극단적으로 불리한 전장에서 무시할 수 없는 강자와 싸우고 있는 것이었다. 미궁에 들어오고 나서 어려운 전투가 제법 많았지만 이번처럼 도망칠 수도 없게 궁지에 몰린 것은 처음이었다.

띠링.

그 순간 잊고 지냈던 알람이 떴다.

500점 획득.

지금 점수가 굴러들어올 곳이 있던가? 혼은 재빠르게 머리를 굴렸다. 저 구석에 쓰러져 있던 팔레그가 사라졌다. 정황상 보았을 때 다테가 팔레그를 죽인 것이다. 그놈이 1500점이나 되는 것에 감사해야 할 것 같다.

"만 점 넘었다."

방금 전의 500점으로 9600점에서 멈춰있던 점수가 딱만 점을 넘어갔다. 이럴 때는 앞뒤 안 보고 각성이다. 무기 각성이 좋은 능력을 주면 좋겠는데 말이다.

혼은 무기 각성을 눌렀다. 만점이 사라지면서 머릿속에 새로운 능력에 대한 지식이 컴퓨터에 새로운 시스템 깔리듯 뇌 속에 정립되었다. 혼은 검을 회오리처럼 돌리고 아주 잠깐이지만 시간을 벌었다.

"각성인가?"

아르쿨을 각성의 존재를 알고 있었다. 워커들이 이 미궁의 지적 생명체들을 포함해 괴물들과 싸울 수 있는 이유.

설마 트라이 마스터가 되는 것일까. 아르쿨이 걱정하는 이유도 그것 하나였다.

트라이 마스터들에게 생기는 고유 스킬 원(元). 아르쿨은 엘리아가 프로노니아를 날려버리는 것을 멀리서나마 쳐다봤다. 그는 한눈에 엘리아가 쓴 기술이 소문으로만 듣던 원(元)이라는 것을 알아차렸다.

'설마?'

아르쿨은 긴장을 하며 방어 자세를 잡았다. 엘리아 같은 경우도 원을 한번 쓴 뒤 다시는 못 쓰는 듯싶었다.

즉 한 방이 위험하다는 것이다. 다른 말로 한 방만 버티면 상관이 없다는 뜻도 된다. 그러나 각성을 끝마친 혼은 큰 기술을 사용하지 않았다.

싸움을 오래 끌면 끌수록 자신이 불리하다는 것을 혼은 아주 잘 알고 있을 것이다. 그럼에도 원을 쓰지 않는다는 것은 둘 중 하나다.

원이 별것 아니던가, 아니면 원이 생기지 않았던가.

"2차 각성이구만. 그렇지?"

아르쿨이 미소와 함께 말했다. 2차 무기 각성. 듀얼 마스터라고 불리는 워커는 이 도시에 수도 없이 들어왔다. 하지만 그들은 전부 아르쿨의 창에 무릎을 꿇었다.

듀얼 마스터는 상관이 없다. 아르쿨은 승리를 확신했다.

"그럼 하던 일 하도록 하자."

아르쿨은 창을 들고 혼에게 달려들었다.

혼은 매우 기분이 좋은 상태였다. 그도 인간이었기 때문에 무기 각성에는 어떤 능력이 생길지, 트라이 마스터가 되면 어떤 능력이, 또 원(元)은 어떤 능력일지 생각해본 바가 있었다.

'마음에 드는 능력이 나왔다.'

상상했던 능력은 아니었지만 참으로 마음에 드는 능력이 생겨났다.

혼은 킬러가 되기 위해 받았던 지옥 같은 훈련을 떠올렸다.

달빛을 제외하면 빛 한 점 없는 산속의 밤. 가혹한 일과를 끝내고 모인 훈련생들의 앞에 얼굴이 보이지 않을 정도로 머리를 길은 노인이 앉아있었다. 훈련생들의 교관이자 유일한 스승이었던 거지꼴의 노인은 이런 말을 했었다.

"반푼이 킬러들은 총만 쓴다. 총이 최고지. 최고야. 그러나 너희는 모든 무기를 다룰 줄 알아야 한다."

총의 등장은 누구나 마음만 먹으면 다른 이를 죽일 수 있게 만들었다. 비록 세계는 총기금지법 같은 것으로 개개인이 총기를 소지하는 것을 막고 있지만 당장 미국만 봐도 사람 한, 둘 죽이는 건 일도 아니지 않은가.

"그러나 그럼 사람들은 왜 킬러를 고용할까?"

노인은 잠시 뜸을 들이다가 말을 이었다.

"바로 대체할 수 없는 무기. 바로 너희를 고용하기 위해서다."

세상에서 가장 많은 사람을 죽인 로마의 글라디우스. 양날 검부터 그 유명한 Ak-47, 그리고 히로시마에 떨어진 원자폭탄까지. 세상에는 무수히 많은 무기가 존재하지만 그것을 사용하는 것은 인간이라는 뜻이다.

최고의 무기는 인간이다.

"그렇기 때문에 너희는 모든 것을 죽일 수 있는 사람이 먼저 되어야 한다."

노인의 말대로 혼은 자신의 가장 큰 무기로 자기 자신을 뽑았다. 그리고 무기각성은 그러한 혼의 사상에 따른 힘을 주었다.

-전투악귀(戰鬪惡鬼)-

오감이 극대화되며 오직 상대를 죽이기 위한 육감이 활성화되었다. 마치 도핑을 한 것처럼 온 몸의 신경이 곤두섰다. 인간으로서는 느낄 수 없는 천분의 1초마저 아주 느리게 느껴질 정도였다.

혼은 원래부터 천재였다.

20살에 경험 많은 킬러들을 제치고 최고의 킬러라는 칭호를 얻은 그였다. 30번을 넘게 의뢰를 수행했고 성공

률은 100%였다. 20대 초반의 청년이 이룩하기에는 힘든 업적이다.

그러나 아무리 천재여도 인간이었다. 신체적 능력이 올라갔음에도 감각은 인간의 것을 뛰어넘을 수 없었다.

그러나 지금 듀얼 마스터가 되면서 혼은 인간의 것이라 부를 수 없는 감각을 가지게 되었다.

즉 혼은 자기 자신을 무기로 생각하기 때문에 무기가 아닌 자기 자신이 강화된 것이다.

혼은 돌진해오는 환영과 아르쿨을 맞이했다. 혼은 순식간에 눈앞의 환영들을 제거했다. 하지만 환영의 숫자는 한 둘이 아니었다. 아르쿨의 환영 중 하나는 혼의 뒤를 잡고 창으로 내리 찍었다.

"세버런스."

창이 혼의 등에 닿기 직전, 세버런스가 혼의 손에 소환되었다. 혼은 곧 바로 세버런스를 던져 환영의 머리를 맞추었다. 환영은 먼지처럼 사라졌다.

"그걸 제거해?"

아르쿨은 살짝 당황했다. 딱히 움직임이 빨라진 것도, 그렇다고 새로운 능력이 생긴 것 같지도 않았다.

그러나 혼은 환영이 어디로 공격해올지 예견이라도 하는 것처럼 빈틈이 없었다.

정확히 말하자면 예측을 하는 것이다.

라플라스의 악마.

수학자 라플라스가 생각하고 주도한 사고실험의 통칭. 온 우주에 존재하는 원자의 위치와 운동량을 알고 있는 존재가 있다면 그 존재는 과거와 현재에 일어나는 모든 현상을 설명할 수 있고, 미래까지 전부 예측할 수 있다는 것이다.

혼이 하는 것 또한 비슷한 것이었다. 환영들의 위치와 그들의 움직임을 정확하게 예측하고 그에 따라 반응하는 것이었다. 상대의 수를 앞서 읽는 천재적 감각이 그를 몇 초 앞의 미래로 인도하는 것이었다.

환영은 이제 문제가 되지 않는다. 무엇이 환영인지, 무엇이 진짜인지 혼은 모든 것을 알 수 있었다.

아르쿨은 조심스럽게 혼에게 다가갔다. 절대로 반격할 수 없는 상황을 환영으로 만들고 기습으로 급소를 찌를 생각이었다. 아르쿨은 환영 세 기가 동시에 혼에게 달려드는 순간을 놓치지 않고 창을 내질렀다.

"찾았다."

혼은 마치 물 흐르듯 아르쿨의 창을 피했다.

"네가 진짜구나."

푸욱.

용의 무구가 아르쿨의 진짜 몸을 찔렀다. 마치 기다리

고 있었다는 듯이 회피와 공격에 군더더기가 없었다. 아르쿨이 찔리자 환영이 단번에 사라졌다.

"크헉. 어떻게?"

아르쿨이 어이가 없다는 듯 물었다. 무기 각성자들은 대부분 불을 내뿜는 검이나, 모든 것을 얼리는 창처럼 눈에 보이는 능력을 가지고 있었다. 하지만 혼이 어떤 능력을 가졌는지는 알 길이 없었다.

혼은 대답하지 않고 검을 빼든 뒤 아르쿨의 목을 올려친 뒤 한숨을 돌리며 생각했다.

"그러고 보니, 나도 모르겠다."

혼은 어깨를 으쓱하고는 복도를 지나 계단 쪽으로 갔다. 그곳에는 깨어난 천화가 멍하니 서 있었다. 미리 올라와 아르쿨의 최후를 본 그녀였다. 그 뒤를 다테가 따라 올라왔다. 혼은 천화를 보고 머뭇거리더니 입을 열었다.

"미안했다. 많이 아팠냐?"

천화는 그 말을 듣더니 피식 웃었다.

"그럼, 많이 아프죠. 기억도 아주 생생하게 나는 걸요."

천화는 그렇게 말하고 몸을 돌려 다시 계단으로 향했다. 루시오와 헥터가 있는 곳으로 가야만했다.

천화는 홀로 계단을 오르다 가만히 서 있는 혼을 쳐다보았다. 많이 아프다고 했다고 조금 걱정하는 눈치였다. 천화는 툭 던지듯 말했다.

"안 죽었으면 됐죠. 혼씨 판단에 오류는 없었으니까
요."

"이해해줘서 고맙다."

혼은 그제야 천화의 뒤를 따라 위로 올라갔다.

❖

"이거, 이거 답이 없네."

긴 복도. 루시오가 앞에 앉아있는 여자를 바라보며 말
했다.

여자의 이름은 라리아. 생명의 어머니. 힙시들에게 있
어서는 신과도 같은 여자였다.

라리아는 보라색 드레스를 입고 단정하게 긴 머리를 풀
은 채 의자에 앉아있었다. 루시오와 헥터는 땅 아래 그어
진 선을 보며 입맛을 다셨다.

"결계 비스무리한 거 같지?"

루시오의 말에 헥터가 고개를 끄덕였다. 어찌된 영문인
지 이 선을 넘어갈 수가 없었다.

"넘어가고 싶은데 넘어갈 수가 없어."

"나도 그렇단 말이야. 저렇게 예쁜 여자가 있는데 이상
한 일이지."

헥터가 고개를 열심히 끄덕이며 말했다.

선에는 특별한 장치가 되어 있지 않았다. 안으로 손을 휘젓는 것도 가능했다. 하지만 왠지 모르게 넘어가기가 싫었다.

마치 안전장치 없이 절벽 앞에 서 있는 기분이었다. 한 발만 내딛으면 낭떠러지로 떨어질 것만 같은 느낌.

한 걸음 앞으로 걸어가도 안전하다고 머리가 소리를 쳐도 몸이 움직이지 않았다. 그렇게 시간을 낭비하는 사이 싸움을 끝낸 혼이 올라왔다.

"뭐하고 있는 거지?"

혼은 우두커니 서 있는 두 사람을 이상하게 쳐다봤다. 길게 늘어진 복도 중앙을 넘어가지 못하고 서 있을 이유가 없다.

"와보면 알아."

루시오가 팔짱을 끼고 손짓했다. 선 앞으로 간 혼은 발이 멈추었다.

"알겠군."

라리아는 말없이 미소를 보내고 있을 뿐이었다.

심리적으로 선을 넘을 수 없게 만든다. 어떤 수를 쓴 것인지 몰라도 룰 안에 살고 있는 인간에게는 아주 치명적인 기술이었다.

의외로 인간들의 무의식에 박혀있는 룰들은 꽤 많다. 빨간불에서는 발이 자동으로 멈춘다거나, 만물의 영장이라고 말하는 인간은 그만큼 세뇌시키기도 쉬운 동물이었다.

라리아는 작은 세뇌를 집어넣은 것이다.

선을 넘어오지 마라. 이유도 없고 납득도 되지 않는다. 하지만 당연하게 넘어가면 안 되는 것처럼 느껴졌다.

모두가 영문도 모른 채 선을 넘어가는 것을 주저하고 있을 때 혼은 그 이유를 찾고 있었다.

'심리적으로 넘어갈 수가 없다. 선에 무슨 장치가 되어 있는 것은 아니다. 지금 속에서 일어나는 감정은 무엇인가? 공포, 죽음보다 더한 공포.'

혼은 자신이 느끼고 있는 감정을 정확하게 진단했다. 문제를 해결하는 것은 문제가 무엇인지를 알아보는 것부터 시작한다. 선을 넘어갈 수 없는 이유는 왠지 모르게 선을 넘어가면 죽음보다 더한 뭔가가 있다고 본능이 느끼고 있기 때문이다.

이것이 진짜로 존재하는 위험에서 오는 신호인지, 혹은 세뇌인지는 알 길이 없다. 다만 이 선을 넘어가지 않으면 이 특별지대에서 탈출할 수 없을 것이라는 생각이 강하게 들었다.

그때 뒤에서 걸어오던 천화가 외쳤다.

"어! 하양아."

라리아의 옆에는 새장에 갇힌 하양이가 보였다. 아직 배를 갈라 푸른 혈석을 빼내지는 않은 것이다. 금방이라도 튀어나갈 것만 같던 천화 또한 어쩔 수 없이 선 앞에서 손을 풍차처럼 돌리며 섰다.

아무리 급하다 하더라도 선을 무시할 수는 없던 것이다. 그렇다면 남은 방법은 하나.

공포를 없애는 것이다.

혼은 눈을 질끈 감았다. 한발자국만 내딛으면 된다. 선을 넘어가는 순간 미지의 공포는 사라지게 되고 라리아에게 직접적으로 다가갈 수 있었다.

미지의 공포가 심장을 쥐어짜는 느낌이었다. 혼은 천천히 한발을 내밀었다. 선으로 가까워질수록 머릿속에서 경고음이 심하게 울려 퍼졌다.

모든 핏줄이 비상식적으로 올라간 혈압을 버티지 못하고 꿈틀거리는 것처럼 느껴졌다. 그러나 혼의 발은 천천히 선을 넘어가고 있었다.

역최면을 거는 것이다. 선을 넘는 것은 안전하지 않다고 세뇌된 몸에 넘어가도 된다고 다시 최면을 거는 것이다.

"뭐야? 왜 여기 멀뚱히 서 있어?"

그때, 옆에서 한 소녀가 선 앞으로 걸어왔다. 일을 완전히 끝내고 온 엘리아였다. 선 앞에 잠시 선 엘리아는 잠시 멈춰서더니 라리아를 쳐다봤다.

"뭐야? 재밌네."

엘리아는 그렇게 말하면 한 걸음을 앞으로 내딛었다. 그와 동시에 혼의 발이 선 너머에 떨어졌다.

"뭐하냐? 쫄았어? 이야~ 루시오~. 노노노, 그럼 안 돼지. 쯧쯧."

엘리아는 검지를 흔들며 루시오를 놀렸다. 혼은 그제야 진정되는 심장을 부여잡고 옆의 엘리아를 쳐다봤다. 상당히 긴장했던 혼에 비해 엘리아는 전혀 아무렇지 않아 보였다.

'완전 미쳤군.'

혼은 고개를 절래 흔들었다. 이 선을 넘어온 자신도 정상은 아니다. 도시에 핵이 떨어진다는 것을 알면서 그곳으로 기어들어가는 사람은 없다. 그러나 작전을 펼쳐야 하는 군인들은 목숨을 걸고 들어간다.

용기? 좋게 말하면 그럴 수 있다. 하지만 혼의 생각은 달랐다. 혼은 그것이 생존본능을 넘어선 세뇌라고 생각했다.

즉 인간은 본능을 이길 수 있다는 것이다. 혼은 자기 스스로 세뇌를 걸어 죽을 자리에 들어온 것이다.

그렇다면 엘리아는?

이 미친 소녀는 그냥 죽을 자리로 재밌겠다며 걸어 들

어온 것이다. 한마디로 사이코. 극단적인 마조히스트. 그
것이 엘리아였다.

"두 사람이나 넘어올 줄은 몰랐습니다."

라리아가 착잡한 표정으로 말했다. 더 이상 수가 없다
는 것을 안 그녀는 세뇌를 풀었다. 천화를 비롯한 나머지
세 사람은 머쓱하게 선을 넘어왔다.

"자, 원하는 건 하나다. 이 도시에서 어떻게 나가지?"

"그리고 하양이도."

천화가 혼의 뒤에서 살짝 말했다. 라리아는 아쉽다는
듯이 하양이가 들어가 있는 새장의 문을 열었다. 하양이
는 바로 천화에게로 직행했다.

"아쉽네요. 백령이 조금만 더 컸어도 바로 꺼낼 수 있었
는데."

"아쉬워 할 필요 없어. 그랬다면 네가 조금 더 고통스러
웠을 테니까."

라리아는 반응하지 않고 말을 이어갔다.

"다 죽었나요?"

"그래, 더 튀어나오지 않는 걸 보니까 다 죽은 거 같
군."

"대장이야 다시 만들면 됩니다. 단순히 출구를 찾는 것
이라면 제가 안내해드리죠."

다시 만들면 된다. 그 말에 혼은 어이가 없어 피식 웃었

다. 아르쿨도, 모비츠도 절대로 약한 편에 속하지 않는다. 그들을 소모품 취급을 하는 것으로 보아 라리아의 능력은 상상이상의 무엇이었다.

미지와는 싸우지 않는다. 오히려 라리아 쪽에서 이쪽의 실력을 인정하고 싸우지 않는 것이 고마울 지경이었다.

"잠깐만요. 그 에이카라는 분 기억나죠? 그분도 탈출을 시켜야죠."

천화가 황급히 말했다. 혼은 솔직히 말해서 잊고 있었다. 귀찮았지만 일이 모두 끝난 이상 힘든 일은 아닐 것이다.

"그건 구하지 않는 게 좋지 않을까요?"

라리아가 말했다. 구할 수 없다는 것도 아니고 구하지 않는 게 좋지 않겠느냐고 물어보는 것이었다. 천화는 무슨 소리인지 이해를 하지 못하고 고개를 갸웃거렸다.

"설마 살릴 수 없나요?"

팔레그가 죽었기 때문에 그럴 수도 있다. 유령이 다시 자신의 몸을 찾아 돌아가야 하는데 그걸 컨트롤 해주는 사람이 없으니.

"아니요. 홀로 찾아가면 되긴 합니다만."

라리아는 잠시 생각하다가 말했다.

"보여주는 게 더 빠르겠군요."

라리아는 드레스를 살짝 들어 올리고 앞장서서 걸어갔다. 그녀가 간 곳은 캡슐이 가득한 방이었다.

"들어온 지 2주면 이 방이겠네요."

라리아는 가장 캡슐을 꺼내보았다. 그곳에는 에이카가 들어있었다.

"이, 이게 에이카씨라고요?"

캡슐속의 에이카는 아무리 적게 보아도 60대는 된 듯한 모습이었다.

"거, 거짓말이죠?"

라리아는 대답을 하지 않았다. 거짓말이 아니라는 것은 천화가 더 잘 알고 있을 것이다. 아무리 나이가 들었다고 하더라도 천화는 이 60대의 할머니가 에이카라는 것을 알 수 있었다. 절대기억인 그녀가 착각을 할리도 없다.

"생명력을 가져가는 건가?"

"맞습니다. 이 도시의 에너지원은 워커들의 생명력. 그 에너지로 모두가 젊고 아름답게 살 수 있죠."

아마 엘리베이터나 네온사인도 생명력으로 움직일 것이다. 인간의 생명력은 굉장하다. 순식간에 늙어버리기는 하지만 잘 죽지는 않았다. 마치 태아 때로 돌아가듯 쪼그라들고, 또 쪼그라들다가 그렇게 사라지는 것이다.

육체가 사라질 때, 유령이 된 정신체도 사라지는 것이었다. 그것은 에이카의 예상대로 죽음이 맞았다.

"살릴 생각이라면 살릴 수 있겠으나, 이 미궁에서 60대의 노인이 버틸 수 있을까요?"

라리아의 말에 혼은 공감했다. 이건 살리지 않는 편이 나았다. 유령들이 어떤 취급을 받는지는 모르겠으나 도시를 돌아다닐 수 있을 정도로 자유로운 시간이 있다면 그리 나쁘지는 않을 것이다.

"아마 몸으로 돌아가는 것보다 그냥 이대로 사는 게 나을 거야."

혼은 진심으로 그렇게 생각했다. 미궁은 전쟁터다. 극단적으로 인간의 본성과 욕망이 나오는 곳이기도 했다. 외모지상주의와 약육강식이 만연한 곳이 미궁이다. 그에 비해 이 특별지대는 안전하고 또 편안하다고 할 수 있었다.

자유를 포기하는 대신 편안한 삶을 선택할 수 있다. 그리 나쁜 거래는 아닐 것이다.

"그냥 가도록 하지."

"혼씨, 잠깐만요. 그래도 선택권은 주는 것이."

혼은 천화를 보며 말했다.

"2주 만에 20대의 여자가 60대가 되었어. 너는 한 3,4시간 들어있었겠지. 모르긴 몰라도 너도 1년 정도 더 늙었겠지. 하지만 생각해봐라. 네가 60대가 되었다면 다시 살아나고 싶겠냐?"

"하지만 이대로 두면 죽는 거잖아요."

"모든 인간은 어차피 죽는다. 그리고 말이야. 만약 여기에 에이카를 불러 이 꼴을 보여준다면 그 여자는 좌절하고 죽고 싶겠지. 하지만 보여주지 않는다면 우리를 욕하며 가슴속에 희망을 품고 살 수 있어. 그 편이 그 여자한테 더 좋다고 생각하지 않나?"

천화는 반박을 할 수 없었다. 이 현실을 에이카에게 보여준다는 것은 단순히 천화에게 만족감을 선사해줄 뿐일 수 있다.

"가자."

혼은 천화의 표정을 읽고 대신 대답해주었다. 천화는 속이 찝찝했지만 진실을 안다고 해서 에이카가 행복해질 가능성은 제로였다. 그럴 바에는 차라리 자신이 원망을 받는 편이 낫다.

라리아는 엘리베이터로 간 뒤 20층을 눌렀다. 20층은 탑의 제일 꼭대기였다. 엘리베이터 문이 열리자 두꺼운 철문이 보였다.

"이곳을 지나가면 계단이 나올 겁니다. 계속 위로 올라가면 지상입니다. 문을 열어 드리죠."

라리아가 주문을 외우자 육중한 문이 굉음을 내며 열렸다.

"이제 저거 죽여도 되겠지."

"안 돼."

"힝."

뒤에서 엘리아와 루시오가 하는 말이 들렸다. 혼은 엘리아가 돌발적인 행동을 하기 전에 바로 계단으로 향했다. 문이 닫히면서 엘리아의 한숨이 들렸지만 혼은 무시를 하고 묵묵히 계단을 올라갔다.

그렇게 한참, 약 2시간 정도를 걸어 올라가자 맨홀 뚜껑과 비슷한 것이 보였다. 혼은 쉽게 그것을 열고 밖으로 나갔다.

익숙한 벽이 보였다. 천화는 나오자마자 지도를 살폈다. 특별지대를 지나 조금 떨어진 곳이었다.

이제 문제는 엘리아였다. 그 소녀는 올라오자마자 혼을 뚫어지게 쳐다보고 있었다. 엘리아가 당장 혼에게 달려들지 않은 이유는 단 하나, 기습으로 싸움이 끝나버리면 재미가 없기 때문이다.

혼은 고개를 돌려 엘리아를 쳐다봤다. 엘리아가 미소를 지을 때 루시오가 두 사람의 사이를 막았다.

"생각도 하지 마라."

루시오는 강하게 말했다.

"왜에! 싸우게 해준다며!"

"그때는 그때고 지금은 안 돼."

루시오는 혼의 상태를 살폈다. 엘리아가 혼과 싸우고 싶어 한다는 것은 루시오도 이미 알고 있었다.

원래라면 싸우게 해줄 생각이었다. 엘리아가 진다는 것은 상상할 수도 없었고 혼이 아무리 강해봤자 선천적 살인귀인 엘리아를 이길 수 없으리라 판단했기 때문이다.

하지만 그의 생각은 틀렸다. 혼은 후천적 살인귀. 어떻게 보면 엘리아보다도 더 잘 만들어진 괴물이었다. 게다가 엘리아는 이미 원을 사용했다. 엘리아의 원은 모든 것을 박살 낼 수 있는 위력을 가지고 있었지만 한번 쓰고 나면 또 쓰기까지 시간이 오래 걸린다는 단점이 있었다.

"싫어! 싸울 거야!"

엘리아가 악을 쓸 때 혼이 말했다.

"꼬마. 만약 너랑 내가 싸우면 우리만 싸우는 게 아닐 거다."

엘리아는 혼을 노려봤다.

"뭔 소리야? 나랑 너만 싸우면 된다니까?"

"아니, 3대 3으로 싸우겠지."

혼은 잠시 말을 멈춘 뒤 살기를 뿌리며 말했다.

"그리고 못해도 너희 팀원 들 중 최소 한명은 죽는다. 그게 너일 수도, 루시오일 수도, 헥터일 수도 있지."

혼의 말에 루시오가 고개를 끄덕였다. 허세가 아니었다. 저들과 싸워서 모두가 무사할 것이라는 생각은 자만이었다. 지지는 않겠지만 쓸 데 없이 인명피해가 난다면 그게 패배가 아니고 뭐겠는가?

"헥터는 죽어도 돼!"

"난 죽어도 되는 거였냐?"

헥터가 힘 빠지는 목소리로 반문했다. 엘리아도 말은 그렇게 했지만 조금 생각이라는 것을 하는 듯싶었다. 혼은 루시오를 바라보며 말했다.

"너희가 먼저 출발해라. 처음 나오는 갈림길에서 우리는 무조건 오른쪽 끝으로 가지. 너희는 왼쪽 끝으로 가라."

"좋은 생각이군."

루시오가 승낙했다. 혼은 루시오의 일행과 함께 다닐 생각이 없었다. 엘리아라는 불확실적 요소가 있는 이들과 같이 다니는 건 시한폭탄을 들고 다니는 행위였다. 루시오는 고갯짓으로 인사를 한 뒤 엘리아의 손을 잡아끌었다.

"가자. 헥터."

"어, 어. 다음에 또 보자고!"

헥터는 힘껏 손을 흔들고는 투덜거리는 엘리아의 뒤를 따라갔다.

"잠깐, 너희 길드 이름은 뭐냐?"

루시오가 가던 길을 멈추고 물었다. 혼은 잠시 머뭇거리더니 큰 소리로 말했다.

"메이즈 헌터."

뒤에서 다테가 킥킥대며 웃는 소리가 났다. 루시오는 고개를 끄덕였다.

"우리는 제노사이드."

"잠깐, 제노사이드면 그 랭킹 1위 아니야?"

다테가 혼에게 작게 말했다. 혼은 살짝 인상을 찌푸렸다.

'진짜 큰일 날 뻔했군.'

루시오는 혼의 표정을 살피다 입을 열었다.

"마지막 안전지대에서 보자. 어차피 피차 열쇠가 필요한 입장이니까 협력하자고."

"그 작은 애는 어쩌고?"

"내가 알아서 설득해 놓을 거야."

루시오는 미소와 함께 손을 들었다.

"그럼 마지막 안전지대. 루나리스에서 보자고."

세 사람이 사라지고 혼은 그 자리에 주저앉았다. 정신적으로도 육체적으로도 많이 피곤한 상태였다. 마찬가지로 다테는 그대로 뻗어 버렸고 천화는 그런 두 사람에게 물통을 내밀며 말했다.

"수고했어요."

"오른쪽으로 가면 어떻게 되냐?"

"좀 돌아가죠. 찍기 운도 없네요."

천화의 말에 혼이 피식 웃었다.

"좀 돌아가는 것도 나쁘진 않겠다."

괜히 가장 빠른 길로 가겠다고 특별지대에 들어갔던 그였다. 앞으로는 위험한 곳은 다 비켜가야겠다는 생각이 들었다.

"텐트 치자. 일단 자고 생각하자고."

다테가 자신의 텐트를 펼치며 말했다. 처음으로 혼은 다테의 제안에 동의를 했다.

NEO MODERN FANTASY STORY & ADVANTURE

메이즈 헌터

4

Maze Hunter

4

3시간씩 돌아가며 보초를 서기로 하고 일행은 잠을 청했다. 가장 먼저 다테가 망을 보았고 그 다음은 혼이었다. 아무래도 천화가 가장 정신적으로나 육체적으로나 힘들었기에 결정한 순서였다.

"피곤하실 텐데 들어가세요."

천화가 텐트를 열고 나왔다. 아직 5시간밖에 지나지 않았다. 1시간이나 남았지만 천화는 편히 잘 수가 없었다.

혼보다 에이카가 더 신경이 쓰였다. 그대로 두고 오는 것이 옳은 일이라 천화도 생각하고 있었지만 묘한 찜찜함이 남아있었다.

"네 잘못 아니라니까."

천화의 표정에서 그녀의 생각을 읽은 혼이 말했다. 천화는 고개를 끄덕였다.

"난 다 잤어."

원래부터 혼은 잠이 없었다. 아무리 하루가 피곤했다고 하더라도 편하게 3시간 잤으면 충분했다. 천화는 아랑곳 않고 혼의 옆에 앉아 높게 솟은 벽을 쳐다봤다.

2시간 뒤, 다테가 일어났다. 다테는 혼자 자고 있었다는 것을 알고는 민망해하다 입을 열었다.

"뭐야? 일어났으면 말 좀 하라고."

"코 골며 자고 있어서 놔뒀다."

"밥은?"

"우리끼리 먹었다."

혼의 농담에 천화가 웃으며 말했다.

"아니에요. 이제 해야죠."

"난 점수 다 털었다."

혼이 손을 들며 말했다. 남은 점수는 겨우 70점정도. 한 끼 정도는 먹을 수 있는 점수였지만 혼자 남았을 때를 대비하자면 쉽게 쓸 수 없었다. 1만점을 그대로 써버렸더니 알거지가 된 기분이었다.

"각성했어?"

"듀얼 마스터는 됐지."

"오~."

다테가 감탄하며 박수를 쳤다. 마스터 앞에 붙는 숫자가 하나씩 늘어날 때마다 전과는 비교할 수 없을 정도로 강해지기 마련이다. 일반인들도 그렇게 강해지는데 저 혼이 각성을 한다면 어떨까.

"아르쿨이라는 놈 불쌍한데. 거기서 딱 각성이라니."

"들어가기 전부터 9000점 정도는 가지고 있었고 뭐, 많이 죽였으니까."

병사들까지 합하면 한 50은 죽인 것 같았다. 엘리아가 죽인 숫자까지 합치면? 모르긴 몰라도 특별지대는 온 집이 초상집일 것이다.

간단한 식사를 마친 일행은 곧바로 다음 안전지대로 향했다. 거대한 초원이 펼쳐져 있었다. 나무 한그루 없이 천화는 지도를 보며 걸었다. 날짜와 시간을 계산하고 가장 가깝고 안전한 곳으로 향해야 하는 것이다. 천화가 슈퍼 컴퓨터처럼 머리를 굴리고 있을 때 혼이 말했다.

"하양이. 좀 커지지 않았냐?"

"네? 아, 좀 무겁긴 하네요."

하양이는 천화의 머리 위에서 자고 있었다. 느낌도 안 나던 예전과는 달리 뭔가 묵직한 것이 있는 것 같았다.

혼은 라리아의 말에서 백령이 더 커진다는 것을 알 수 있었다. 아직 작아 푸른 혈석을 꺼내기가 그렇다는 말은 백령이 커지면 커질수록 푸른 혈석의 값어치는 더 올라간다는 것이었다.

게다가 라리아의 이마에 있던 보석. 그 푸른 보석이 푸른 혈석이 아닐까라는 생각도 해보았다.

"엄청나게 먹잖아."

다테가 끼어들었다. 하양이가 먹는 양은 천화보다도 많았다. 많이 먹는 축에 속하는 혼과 거의 비슷하게 먹을 정도였으니까.

"한 2주 걸리겠네요. 별 일 없으면."

"가깝네."

안전지대에서 다른 안전지대까지 기본으로 한 달은 걸렸다. 차라도 있으면 3,4일이면 가겠지만 아무리 초인이 되었다 하더라도 매일매일 달릴 수는 없었다. 2주면 상당히 가까운 거리에 속하는 것이었다.

"우리가 들린 곳이 안전지대가 아니었잖아."

다테가 푸념하듯 말했다.

"그리고 별 일이 없을 확률도 거의 없지."

혼은 인상을 찌푸리며 말했다. 저 멀리 우두커니 벽이 솟아 있었다. 처음에는 새로운 갈림길인가 싶었지만 다가가면 다가갈수록 그것이 막힌 길이라는 것을 알 수 있었다. 막힌 벽 앞에는 6,7명의 사람들이 머리를 부여잡고 앉아 있다.

"이제 마지막이구나."

벽이 꿀렁거리며 말소리가 들렸다. 그리고 반응할 새도 없이 벽이 올라와 돌아갈 길을 막았다.

혼은 그럴 줄 알았다는 듯이 마른 침을 삼켰다. 딱 보기에도 엄청난 고민에 빠져 있던 사람들은 하나 둘씩 몸을 일으켰다.

"드디어 시작인가?"

남자는 마음을 굳힌 듯 일어나며 말했다. 일단 혼은 상황을 알아보기 위해 뭉쳐있는 사람들에게로 걸어갔다. 가까이 가서 보니 3개의 그룹으로 나뉘어 있었다.

혼자 훌쩍훌쩍 울고 있는 여자. 상황을 주시하고 있는 두 남자, 그리고 투덜거리며 자신의 동료로 보이는 두 여자와 대화를 하고 있는 남자.

이렇게 총 3그룹의 사람들이 조금의 거리를 두고 각자 할 일을 하고 있었다. 혼은 가장 먼저 혼성그룹의 리더로 보이는 남자에게 말을 걸었다.

"뭐 하는 곳이지?"

"눈이 있으면 읽어."

남자는 퉁명스럽게 말했다. 남자가 가리킨 곳은 막힌 벽이었다. 가까이 와서 보니 벽에 작은 글씨로 설명문이 적혀 있었다.

게임존에 온 걸 환영합니다! 워커 여러분들!

만약에 게임 참가를 원하지 않으시는 분은 부디 땅에 그어진 붉은 선을 넘어오지 마시길 바랍니다~^0^

선을 넘어오신 분들은 게임에 참가하시는 걸로 알고 선 '안에서' 대기해주시길 바랍니다.

네 번째 팀이 넘어온 직후 게임을 시작하도록 하겠습니다.

추신 – 들어올 때는 마음대로였지만 나갈 때는 아니란 다. 아앙~.

붉은 선이 도대체 어디 있다는 것인가. 혼이 두리번거 리자 남자가 답답하다는 듯이 손으로 가리켰다.

"저~기 한 1km 떨어진 곳에 그어져 있더라."

"거기서 이 설명문이 보일 거 같지는 않은데?"

혼의 말에 남자가 고개를 끄덕였다.

"당연하지. 다 걸린 거라고 다."

"우리가 4번째 팀인가?"

"보면 모르나?"

혼은 어깨를 으쓱하며 천화와 다테를 쳐다봤다. 아무래 도 이 게임이라는 것을 해야만 할 것 같았다.

"왜 팀이 모일 때까지 기다렸지? 우리가 들어오기 전까 지 길을 막는 벽은 없었는데."

혼은 원초적인 질문을 던졌다. 이런 이상한 설명문에 겁먹지 않고 다시 돌아 다른 길로 가면 문제될 것이 없었다. 남자는 한숨을 내쉬고는 훌쩍거리며 앉아있는 여자를 가리켰다.

"저 여자가 왜 울고 있는지 아나?"

"모르겠군."

"저 여자의 동료가 선 밖으로 나갔다가 머리가 터져서 죽었단다. 너 같으면 나가고 싶겠냐?"

나가는 건 마음대로가 아니라는 뜻이 바로 그것이었다. 선 밖으로 나가면 머리가 터진다. 미궁에 장치가 있는 것일까 아니면 이 이상한 게임을 시작한 사람에게 능력이 있는 것인가. 혼은 턱을 잡고 생각에 빠진 사이 다시 벽이 꿀렁거리며 헬륨가스라도 원샷한 듯 이상한 목소리가 흘러나왔다.

"그럼 게임 설명을 하겠다용."

목소리는 역시나 벽에서 흘러나왔다. 모두의 시선이 벽으로 향했다. 원래 설명문이 있던 자리에는 다른 글자가 큼지막하게 적혀있었다.

'살인피구'

"살인피구? 뭔데?"

모든 사람들이 고개를 갸웃거리며 설명을 듣기 위해 귀를 세웠다.

"살인피구를 시작하도록 하겠다용. 살인피구란 말 그대로 각자 생성되는 무기를 던져 상대를 죽이면 끝나는 게임이다용."

"승리하면 뭐 주나?"

혼이 끼어들며 말했다. 하지만 그의 질문은 아주 깔끔하게 씹혔다.

"너희들은 모두 같은 편이다용. 상대는 곧 나타날 것이니 걱정마시라용. 일반적인 피구와 룰은 동일. 공이 장외로 나갈 시에는 공격자가 다시 한 번 공을 갖게 된다용. 상대를 제압하거나, 혹은 한 팀만 남게 될 경우 게임은 종료된다용. 플레이어들끼리 서로 공격하는 것은 불가한다용."

혼은 한숨을 쉬었다. 역시 쉽게 갈 수 있을 리가 없었다. 마지막 설명을 듣기 전까지 혼은 시작하자마자 훌쩍거리고 있는 여자를 죽인 뒤 세 명인 팀과 합세해 나머지 두 명인 팀을 제거하려고 했다. 운이 좋으면 첫 번째 공격이 날아오기 전에 게임을 끝낼 수 있을 것이라 생각했다.

하지만 역시나 사람들끼리 서로 공격하는 것은 불가능했다.

"만약 다른 팀을 공격 하는 사람이 있다면 어떻게 되는지 알지용?"

선을 넘어갔던 남자처럼 머리가 터지던가 하겠지. 공격

이라는 것의 기준을 알 수가 없기 때문에 섣부르게 행동할 수 없게 되어버렸다.

"게임은 10분 뒤에 시작하도록 할게용~. 그때까지 열심히 쉬세용~."

벽은 다시 꿀렁거리더니 다시 굳건한 모습으로 돌아갔다. 목소리가 영 걸리긴 했지만 당장 죽고 살고 하는 문제에 그게 대수겠는가.

모든 팀들이 하나 둘씩 중앙으로 모이기 시작했다. 서로 공격을 할 수 없다는 룰이 있었기 때문에 살아남는 팀이 비록 2개 밖에 안 되더라도 서로 협력하는 수밖에 없었다. 먼저 혼성그룹의 덩치 좋은 대머리 남자가 말했다.

"우리 팀은 이바디르라고 한다. 내 이름은 오메르. 여기 이 두 명과 내가 한 팀이지."

남자는 기선제압을 하려는 듯 눈을 부라리며 혼을 쳐다봤다. 게임이 무엇이 되었든 처음에 기선을 제압한 자가 자기 입맛대로 사람들을 굴릴 수 있다는 것을 남자는 아주 잘 알고 있었다.

혼은 대수롭지 않게 넘긴 뒤 남자 둘로 이루어진 팀을 쳐다봤다.

"우린 길드가 아니야. 형제지. 나는 샤오 하이, 이쪽은 쑨 하이."

두 중국인은 키가 크고 오래 단련한 듯 군더더기 없는 몸을 가지고 있었다. 그리고 마지막으로 홀쩍이고 있던 여자가 말했다.

"저, 저는 로라 길리엄. 로라라고 불러주세요."

여자는 파트너가 죽고 나서 완전히 힘이 빠진 듯 조용하게 얘기했다. 혼은 그 모습을 보면서 차라리 잘되었다고 생각했다. 삶의 의지가 없는 사람은 쉽게 제거될 것이다. 그렇다면 결국 승부는 이 세 팀 중 누가 살아남느냐로 정해진다.

물론 그 상대라는 것을 제압하고 모두가 게임에서 빠져나갈 수도 있었다. 하지만 지금까지 겪어온 미궁의 시스템을 보자면 이 게임의 상대라는 것도 터무니없는 것일 가능성이 높았다.

"그럼 각자 알아서 잘 살기로 하지."

혼이 말하자 대머리가 그를 노려보며 말했다.

"각자? 뭐 듣기는 좋은 소리지만 어떻게?"

"피구라고 하잖아. 각자 팀끼리 모여서 뭐가 날아오면 알아서 피하고 대처하자고."

"그거 마음에 드는 군."

중국인 형제 중 형인 샤오 하이가 동의했다. 로라라는 혼자 남은 여자에게는 미안했지만 이게 가장 서로 부딪힐 일 없고 억울할 일이 없을 방법이었다.

"그럼 이제 게임을 시작하도록 하겠습니다용. 모두들 빛나는 곳으로 모여주세요."

벽이 꿀렁거리며 말했다. 그와 동시에 코트가 그려졌다. 탁 트인 초원이라 피구를 하기에는 아주 좋은 컨디션이었다. 반대편 사이드에 키가 3m는 될 거 같은 거구가 땅을 뚫고 솟아올랐다.

거구의 머리에는 황소 같은 뿔이 달려 있었고 몸은 전부 붉은 색이었다. 가죽 바지 하나만을 걸친 거구는 레슬러들도 울고 갈 근육질이었다. 상체에 이상한 문신이 많은 것이 온라인 게임에 나오는 악마처럼 생겼다.

"선공은 플레이어에게 주겠습니다용. 한 가지 알아두어야 할 점! 공격해서 성공하는 사람이 자동적으로 다음 타깃이 됩니다용! 공격하기 싫으면 밖으로 버리세요, 그럼 상대에게로 공격이 넘어갑니다! 그럼 열겜!"

벽이 설명이 끝나고 플레이어들이 서 있는 코트 쪽에 손도끼 하나가 떨어졌다.

"저걸 던지라는 거냐?"

다테가 혼을 쳐다보며 말했다.

"아무래도 그렇겠지?"

보통의 피구는 아닐 줄 알았는데 손도끼라니. 저런 걸 제대로 맞았다가는 즉사였다. 운 좋게 급소를 비켜나간다 한들 사지 중 한군데라도 날아가면 그건 혈석으로도 복구할 수 없었다.

"그럼 누가 공격을 하지?"

혼은 손도끼를 잡았다. 쉽게 잡을 수 있는 이유는 벽이 마지막으로 말한 룰 때문이었다.

-공격을 맞힌 자는 다음 타깃이 된다.-

즉 이 손도끼를 던져서 맞추는 사람은 자동으로 다음 타깃이 된다는 것이었다. 이 맞춘다는 전제를 까는 것으로 보아 저 거구가 웬만해서는 한방에 죽지 않을 것임은 확실했다. 혼은 손도끼를 들고 주변을 보며 말했다.

"자, 누가 선공할래?"

역시나 아무도 나서지 않았다. 손도끼를 잡고 버리는 방법과 던지는 방법이 있다. 버리는 방법은 안전해질 수는 있지만 다른 팀원들에게 원한을 살 수 있기 때문에 나서서 할 필요가 없는 행동이었다.

그렇다면 던진다? 한 번에 저 거구를 죽여 버릴 수 있다면 영웅이 되겠지만 아니라면 다음 공격에 무사할 수 있다는 보장이 없었다.

혼은 손도끼를 꼭 쥔 채 주변을 쳐다봤다. 아무도 나서지 않자 혼은 라인 근처까지 터벅터벅 걸어갔다.

"뭐 아무도 원하지 않으면."

혼은 야구투수처럼 자세를 잡았다. 공뿐만이 아니라 모든 한손으로 들 수 있는 물건을 던질 때 투수자세로 던지는 것이 가장 강력하다. 혼은 있는 힘껏 손도끼를 거구에게 던졌다.

손도끼는 굉음을 내며 거구에게로 날아갔다. 일반적인 탑 투수들이 던지는 직구는 약 시속 160km. 세계에서 가장 빠른 직구는 시속 170km다. 그러나 초인이 된 혼이 던진 손도끼는 눈으로 볼 수 없을 만큼 빨랐다.

틱.

거구는 혼이 던진 손도끼를 정확하게 받았다. 손도끼의 특성상 빙글빙글 돌면서 날아갔음에도 거구는 정확하게 손잡이 부분을 잡은 것이다.

"너무 정직하게 던졌나?"

혼은 머리를 긁적이며 말했다. 걱정 없이 태연한 혼의 모습을 보며 천화가 사색이 되어 말했다.

"이제 어떡해요! 혼씨가 표적이라고요"

"뭐 날아와 봤자 손도끼지."

혼은 고개를 돌려 거구를 바라봤다. 거구의 손에 들려 있던 손도끼가 사라지고 하늘에서 새로운 던질 무기가 생겨났다. 이번에는 바나나였다.

"어라? 더 좋은 게."

혼은 바나나를 보며 피식 웃었다. 아무래도 무기는 랜덤으로 떨어지는 것 같았다. 혼이 천화를 보며 웃고 있을 때 거구가 바나나를 던졌다.

"저런 건 가뿐히 피하면 돼."

거구는 가볍게 손을 들어 던질 채비를 하고 있었다.

타자는 투수의 손을 보고 배트를 휘두른다. 릴리즈 타이밍과 손 모양을 본다면 투구체가 어디로 언제쯤 올지 몸이 반응하는 것이다. 방법만 알면 그 작은 공도 배트에 맞출 수 있는 것이다. 하물며 피하는 것 정도야 아무 곳으로나 뛰면 되는데 어렵겠는가.

거구가 바나나를 던졌다. 거구의 손을 떠난 바나나는 상상도 할 수 없는 속도로 혼에게 날아들었다. 혼은 신속을 발동한 뒤 가까스로 바나나를 피했다.

덕분에 뒤에 있던 이바디르의 리더 오메르의 대머리가 노란색으로 변했다. 껍질이 터지면서 하얀 속살이 사방으로 튀었다. 오메르는 그대로 서서 흘러내리는 바나나 껍질을 받았다.

"망할."

혼이 타깃이 되었기 때문에 방심을 한 것이었다. 다테는 오메르의 모습을 보며 피식 웃었다.

하지만 혼은 심각한 표정으로 말했다.

"큰일이네."

예상과는 다르게 거구의 공격은 매우 빠르고 위협적이었다. 신속을 써야만 겨우 피할 수 있을 정도. 혼의 미간이 살짝 찌푸려졌을 때 벽이 호들갑을 떨며 말했다.

"이야~ 바나나라 다행이네용~. 안 그랬으면 벌써 1킬 이었는데."

비교적 안전하게 적의 실력을 볼 수 있던 것은 행운이 었다. 바나나가 저 정도 빠르기라면 다른 제대로 된 투척 무기가 나올 시에는 더 위협적인 공격이 들어온다는 것이 었다.

뒤이어 또 다른 무기가 혼의 앞에 떨어졌다.

"볼링공이네."

혼은 손가락을 넣을 수 있게 구멍이 세 개 뚫린 쇠공을 공중으로 던졌다 받았다 하며 다시 라인으로 향했다.

"혼씨, 던지지 마세요."

천화가 옆으로 졸졸 따라오며 말했다. 혼은 그런 그녀 를 힐끗 보고는 말했다.

"그럼 어쩌라고?"

"버, 버리면."

"그럼 다른 사람들이 공격당할 텐데?"

"그, 그건 운이니까."

천화가 잠시 말을 멈춘 사이 혼은 천화와 눈높이를 맞 추었다.

"봐봐, 이 게임은 말이야. 공격하는 쪽이 무조건 유리 해."

"네?"

"내가 이 공을 밖으로 버린다고 쳐봐. 누가 공격당하지?"

"그, 그거야 랜덤으로 공격당한다고."

"그래, 랜덤. 누군지 몰라. 대비할 수가 없어. 만약 그게 너라면? 나라면? 저런 빠르기의 물체를 피할 수 있을 거 같아? 뭐 다테야 한 번 죽으라고 치고."

"다 듣고 있다."

다테는 옆에서 표정을 찌푸리며 앉았다.

"그래서 왜 유리한데?"

"내가 던지면 저 악마 같이 생긴 놈이 나한테 던질 거 아니야."

"그러면 유리한 게 아니라 불리한거지. 딱 봐도 우리 팀이 공격받을 확률은 3/8인데 왜 네가 그걸 100%로 만들어?"

"우리 팀이 맞을 확률은 0%지. 내가 맞을 확률이 100% 고."

"내 말이 그거 아니냐?"

혼은 한숨을 쉬었다.

"자 봐봐. 내가 던지고 저쪽이 다시 나한테 던질 때, 내가 다른 사람 팀과 붙어 있으면 어떻게 될까?"

"어떻게 되기는……, 너 설마?"

"그래, 내가 피하면 다른 팀이 죽겠지. 하지만 너희는 절대적으로 안전해. 무슨 소리인지 알아듣겠어?"

혼의 작전은 이러했다. 신속을 가진 혼은 다른 사람과
는 다른 시간대를 살 수 있다. 마하의 움직임으로 움직이
다 보면 다른 물체들은 상대적으로 느려 보일 수밖에 없
기 때문이다. 즉 혼의 팀에서 현재 가장 피구를 잘하는 것
은 혼이다.

이 피구를 잘하는 혼이 스스로 미끼가 되어 다른 팀과
섞여 들어간다. 거구가 던지는 볼은 유도탄이 아니다. 충
분히 피할 수 있고, 피할 경우 그 뒤에 있는 사람이 맞는
것이다. 그렇게 하나, 하나 팀을 제거해나가는 것이 가장
안전하고 확실한 방법이었다.

"그건 피한다가 전제잖아요."

"아까는 신속을 안 썼어."

혼은 벌떡 일어나며 말했다.

"수호설도 안 썼지. 어떻게든 될 거야."

"너무 위험해요."

"미궁 들어와서 안 위험한 적이 있었냐?"

혼은 볼링공을 손가락 위에서 빙글빙글 돌리며 라인에
섰다. 그리고는 있는 힘껏 볼링공을 거구에게 던졌다. 거
구는 주먹으로 날아오는 볼링공을 쳐부수며 혼을 쳐다봤
다. 역시, 처음부터 이 망할 게임은 이길 수 없는 것이었
다.

"오메, 무서워라."

혼은 뒷걸음질 치며 대머리 외국인 오메르가 있는 길드 이바디르 쪽으로 향했다. 혼이 오는 것을 확인한 대머리 오메르는 황급하게 외쳤다.

"망할, 왜 여기로 오는 거야! 각자 살자며."

"꺄악!"

여자들은 비명을 지르며 도망쳤고 그건 오메르도 마찬가지였다. 혼은 신속을 최대한 이용하며 오메르의 옆에 딱 붙었다. 오메르는 혼을 때어내기 위해 주먹을 들었지만 공격하면 머리가 폭발한다는 경고가 떠올랐다.

"망할 새끼야! 왜 나냐고!"

오메르의 욕을 들으며 혼은 거구를 주시했다. 거구의 무기는 창이었다.

혼은 신속을 컨트롤 할 수 있는 최대수치까지 올렸다. 마하에서 살짝 모자란 속도. 혼은 거구의 손을 주시하고 있다가 창이 손을 떠나는 그 타이밍에 오메르와 엇갈려 옆으로 피했다.

"망할!"

오메르는 거구가 던지는 것을 보며 신체각성 능력을 발휘했다. 상황이 안 좋게 되었지만 오메르는 이 피구가 자신에게 가장 유리한 게임이라 생각하고 있었다.

오메르의 능력은 피부강화. 피부를 단단한 껍질로 만드

는 것이었다. 오메르는 순식간에 전신을 강화했다. 흔처럼 빠른 움직임으로 공격을 피할 수는 없지만 그에게는 공격을 버텨낼 수 있는 맷집이 있었다.

"이거 총에도 안 뚫리는 거야!"

푹.

바람을 가르며 날아온 창이 오메르의 가슴을 꿰뚫었다. 오메르의 몸이 공중으로 뜨더니 뒤로 훅 날아갔다. 창은 멈추지 않고 오메르를 통과한 뒤 코트 선을 넘어 사라졌다.

"크윽, 미친."

오메르는 누운 채 피를 토해내며 고개를 떨어뜨렸다. 여자들은 비명을 지르며 선을 넘어 코트 밖으로 도망쳤다.

"도, 도망쳐야 돼!"

"죽기 싫다고!"

오메르는 길드의 대장이었다. 듀얼 마스터인 그는 그 누구를 만나도 도망치지 않고 싸워 눕혔다. 여자들도 전부 퍼스트 마스터였지만 오메르에 비할 바가 아니었다.

오메르가 살아남지 못한 곳에서 자신들이 살아남을 수는 없을 것이다. 여자들은 그 생각에 패닉에 빠진 것이었다. 죽음의 공포가 그들에게서 판단력을 앗아갔다.

혼은 밖으로 나가는 여자들을 굳이 말리지 않았다. 선 밖으로 나가면 어떤 일이 벌어질지 이미 알고 있었다.

펑!

역시나 두 여자의 머리가 폭발했다. 혼은 천화와 다테를 보며 미소를 지어보였다.

"한 팀 끝났다. 이제 너희만 남았어."

천화는 아직도 눈을 감고 수호설에 집중하고 있었다. 차라리 천화는 지금 일어난 상황을 보지 않는 편이 나았다. 다테는 약간 씁쓸한 표정을 지었지만 엄지손가락을 들어 보이며 혼을 응원했다.

"으흠, 그런 작전이군. 처음 너희가 공격할 때 왜 그러나 궁금했는데 말이야."

샤오 하이가 걸어와 혼에게 말했다. 그의 손에는 이미 다음 투척무기인 사과가 들려 있었다. 볼링공도 손으로 박살낸 놈이다. 사과 따위가 공격이 될 리가 없었다.

"원하면 이번에는 그쪽이 공격해도 되는데 말이야."

"이 사과를 말인가?"

샤오 하이는 피식 웃고는 혼에게 던졌다.

"차라리 너를 피하는 게 저놈이 던지는 걸 피하는 것보다 쉬울 거 같군."

혼은 사과를 한입 베어 물었다. 어차피 던지면 없어지거나 파괴될 물건이었다.

"그럼 한 팀이 통째로 아웃된 가운데 다음 공격은 어떤 공격이 펼쳐질까용?"

벽이 꿀렁거리며 해설했다. 혼은 아랑곳 않고 있는 힘을 다해 사과를 던졌다. 이제 맞추고 나서 또 다시 중국인 듀오에게 달려가 비비면 되는 것이다.

"흠."

그 순간 지금까지 목석처럼 가만히 서 있던 거구가 옆으로 살짝 움직여 사과를 피했다. 절대로 피하지 않을 것이라 생각한 것은 아니었다. 일단은 피구니까. 그렇기 때문에 있는 힘을 다해 던졌다.

"제길. 이러면 안 되는데."

혼은 홀로 중얼거렸다.

피구에서 가장 개인이 활약할 수 있는 순간은 언제인가? 그것은 단연 홀로 살아남았을 때다. 일반적인 피구는 아웃된 사람들이 장외에서도 공격을 가하기 때문에 피하는 것이 쉽지는 않지만 모두가 자신을 노리고 있다는 것을 아는 이상 공의 경로를 예측하는 것은 어렵지 않았다.

더군다나 이 피구는 장외에서 공격하는 사람들이 없다. 즉 직선적인 공격 외에는 존재할 수 없다는 것이다.

그런 정직한 공격을 피하는 것은 그리 어렵지 않다.

"천화! 전부 수호설 걸어!"

천화는 혼의 공격이 빗나가는 것을 본 순간 이미 수호 설로 혼과 다테를 보호했다. 혼은 거구가 받을 무기를 살폈다.

"망할. 우린 사과인데 쟤는 왜 철퇴야?"

거구는 철퇴를 빙빙 돌리기 시작했다. 저렇게 돌리고 있어서야 도대체 누구를 노리고 있는지를 알 수 없었다.

혼은 딜레마에 빠져있었다.

천화에게 붙어 있어야 하나? 저 철퇴에 반응하고 천화나 다테를 밀어버리기 위해서는 그들 근처에 있는 것이 좋았다. 하지만 만약에 자신이 표적이라면? 그러면 오히려 붙어 있기 때문에 천화나 다테가 위험해지는 것 아닌가.

"이런······."

혼이 잠시 주춤거릴 때 철퇴가 허공을 가로질렀다. 표적은 딱 봐도 천화였다. 다행히 철퇴라는 무기를 던지는 자세는 무게가 다른 무기들에 비해 빠르지 않았다.

혼보다 먼저 움직인 것은 천화와 더 가까이 있던 다테였다. 다테는 맹수화를 한 뒤 양 손에 철(鐵)의 기운을 불어넣고 철퇴 앞에 섰다.

"흐아압!"

다테는 날아오는 철퇴를 향해 손을 내질렀다. 세 군데로 정신이 분열되어 있던 수호설의 보호막은 산산조각이

났고 철퇴는 다테의 주먹을 뭉갰다.

"끄으윽!"

다행히 수호설이 철퇴의 속도를 늦춰준 덕분에 손이 박살나는 것으로 끝이 났다.

"크아악."

철의 기운을 담았기 때문에 외관상으로 문제는 없었다. 철퇴의 뾰족한 부분 때문에 피가 흐르고는 있었지만 그걸로 끝이었다. 혼은 재빨리 다테에게 혈석을 건네주었다.

"잘했어. 잘 막았어."

"망할, 이제 어떻게 할 거야? 저 자식 피하잖아."

천화가 걱정스럽게 다테의 손에 붕대를 감아주었다. 혈석이 상처를 치료해주더라도 신경이 고통을 기억하고 있어 잘 움직이지 않기 때문이다. 막 재생성된 뼈도 아직은 약한 수준이고.

다테의 앞으로 새로운 무기가 떨어졌다. 사실 뭐가 나와도 저 거구를 죽일 수는 없을 것만 같았다.

이번 무기는 오렌지. 두 번 연속으로 과일이었다. 그냥 먹어버리면 무슨 일이 일어날까 갑자기 궁금해졌지만 아마 바로 공격권이 넘어갈 것이다. 그리고 또 랜덤으로 공격을 당하겠지.

"망할, 이대로 가면 전멸이다."

샤오 하이가 동생 쑨 하이에게 말했다. 팀이 하나 남을 때까지? 그건 개소리다. 최악의 경우 한명이 남을 때까지 이 게임은 계속 될 것이다. 샤오 하이는 동생을 살리기 위해서는 어떻게 해서든 저 거구를 죽여야한다고 생각했다.

방금 저 삼인조 그룹에게 보호막 같은 것이 생겨나는 것을 똑똑히 보았다. 비록 깨지긴 했지만 그 덕에 맹수화한 남자가 살았다는 것은 부정할 수 없었다.

즉 단순하게 말해서 누가 살아남던지 저 삼인조 중 하나가 살아남을 확률이 높다는 것이었다.

"어떡하려고 합니까? 형님."

쑨 하이가 말했다.

"내가 저 거구를 죽여야지. 쟤들을 죽일 수는 없으니까."

"오렌지로요?"

"아니, 아까 말할 때 공격을 저 생성되는 물건으로만 하라는 말은 없었지 않았냐."

"위험합니다."

"지금보다 위험할 건 없어."

샤오 하이는 굳은 얼굴로 말했다.

그가 얻은 능력은 동체시력. 상대의 움직임이 느리게 보이는 덕분에 이 피구에 있어서도 꽤나 유리한 고지를 선점하고 있었다. 허나 아무리 느리게 보인다고 한들 몸이 반응하지 못하면 날아오는 흉기에 맞아 죽을 뿐이었다. 아무리 좋은 능력이라 하더라도 신속을 가진 혼보다 불리할 수밖에 없다.

그의 무기적 능력은 특별하다.

그 이름하야 바로 에테르 활. 체내의 에너지로 활과 화살을 소환해 적에게 쏘는 것이었다. 에너지를 얼마나 투자하느냐에 따라 그 위력이 천차만별로 달라지기 때문에 상당히 유용한 능력이었다. 실제로 온 에너지를 투자해 쏘았을 때는 5m가 넘는 거인도 한 방에 폭사시킬 정도였다.

게다가 동체시력과 합쳐지면 백발백중의 미사일 포대가 되는 것이다.

혼이 오렌지를 던지려고 하자 샤오 하이가 외쳤다.

"좀 기다려라."

이 뒤로는 계획이 없었던 혼이기 때문에 일단 하던 행동을 멈추고 샤오 하이의 말을 들었다. 조금 더 시간을 끈다고 나쁜 것도 없었고 무엇보다 샤오 하이에게 좋은 생각이 있다면 충분히 들어줄 요량이 있었다.

"내가 저 거구를 죽이겠다. 그때까지 던지지 마. 네가 맞추건 못 맞추건 짜증 나는 건 매한가지니까."

"네가 죽이겠다고? 오렌지 줄까?"

혼은 피식 웃으며 오렌지를 던졌다. 샤오 하이는 오렌지를 동생 쑨 하이에게 건네주고는 인상을 썼다.

"너 같은 놈도 살려야 하는 게 짜증나는군."

혼은 어깨를 으쓱했다. 샤오 하이는 힘을 끌어 모아 활을 소환했다. 마치 번개가 튀기듯 사방으로 빛이 뿜어져 나왔다.

그 빛은 활의 모양을 갖추었다. 샤오 하이는 있는 힘을 다해 화살을 만들었다. 붉은색의 단단한 화살이 그의 손에 생겨났다.

"파멸의 화살……. 그래, 저거라면."

쑨 하이는 기대감이 가득한 눈으로 형 샤오 하이를 지켜봤다. 붉은 색의 화살은 샤오 하이가 만들 수 있는 가장 높은 등급의 화살이었다.

능력의 위력을 알기 위해 했던 실험결과 붉은 색 화살은 강철 10겹도 쉽게 뚫고 나갈 정도로 강력했다. 폭발력이나 스스로 휘는 화살처럼 특수한 능력은 없지만 관통력 하나만큼은 그 어떤 것과도 비교할 수 없는 것이었다.

"흐아압."

있는 힘껏 활시위를 당긴 샤오 하이는 거구를 향해 붉은 화살을 쏘았다. 동체시력을 최대한 강화한 뒤 조준했기 때문에 화살은 정확하게 거구의 심장으로 날아갔다.

'못 피했다.'

화살의 발사 타이밍과 속도가 거구의 반응속도를 넘어섰다. 만약 거구에게 심장이라는 것이 존재한다면, 그리고 그것이 인간과 같은 부위에 있는 것이라면 이 한방으로 끝낼 수 있었다. 머리를 노리지 않은 것도 신의 한수다. 고개만 살짝 꺾으면 피할 수 있는 머리에 비해 가슴은 크게 몸을 틀어야 피할 수 있는 부위였다.

"됐......."

거구는 최대한 몸을 움직였다. 하지만 상관없다. 심장을 비켜 맞더라도 파멸의 화살은 자신의 크기보다 훨씬 큰 구멍을 뚫어줄 것이다. 그것은 파멸의 화살이 가지는 회전력에 의한 것이다. 올곧게 날아가는 듯 보였지만 파멸의 화살은 빙글빙글 돌며 그 파괴력을 더하고 있었다.

그런데 그 순간, 화살이 눈에 띄게 휘었다. 화살은 거구의 팔을 살짝 스치고 지나갔을 뿐.

"제기랄!"

샤오 하이는 이해할 수 없다는 듯 고개를 절레 흔들었다. 왜 거기서 화살이 휘었을까? 평범한 인간의 눈으로는 제대로 볼 수조차 없는 속도로 날아가던 화살이었다. 바람의 영향을 최소화하기 위해 아주 가느다랗고 곧게 뻗은 것이었다. 단 한 번도 이렇게 많이 휜 적은 없다.

거구의 앞으로 무기가 떨어졌다. 아직 오렌지를 던지지 않았으나 이번 화살도 공격으로 간주된 것 같았다.

"오렌지도 빨리 던지지 않으면 페널티가 있다용~."

벽이 친절하게 말했다. 혼은 있는 힘껏 오렌지를 던졌다.

피한건지, 화살이 저절로 빗나간 것인지는 모르겠으나 오렌지를 손으로 던져 거구를 맞추기란 쉬운 것이 아니었다. 역시나 오렌지는 빗나갔고 또 다른 무기가 거구의 손에 떨어졌다.

"손도끼랑 창이라."

혼은 볼을 긁적거렸다. 그때 천화가 냉큼 달려오더니 말했다.

"방금 화살이 빗나갔죠?"

"보면 모르냐?"

"그런데 그거 아무래도 저 로라라는 여자가 휘게 만든 거 같아요."

"그게 누군데?"

"네?"

"그게 누구냐고. 로라가."

혼의 대답에 천화는 당황했다. 아니, 그 로라 있지 않은가. 파트너가 죽어서 훌쩍거리며 울고 있던 여자. 아무리 구석에 숨어 아무런 행동을 하지 않고 있다고 쳐도 기억을 하지 못한다는 것은 이상했다.

"아까 파트너가 선 넘어갔다가 죽었다고 한 여자 있잖

아요. 울고 있었던."

혼은 거구가 언제 또 공격을 해올지 모르는 상황이었기 때문에 거구에게서 눈을 때지 않고 말했다.

"정신 차려. 무슨 헛소리야?"

"혼씨!"

천화가 빽 하고 소리를 질렀다. 혼은 그제야 천화에게 시선을 주었다.

"절대기억인 제가 헛소리를 할까요? 혼씨가 헛소리를 할까요? 지금은 농담할 때가 아니잖아요."

천화의 말에 혼은 순간 정신을 차렸다. 절대기억인 천화가 이상한 기억을 만들어내 헛소리를 할 리가 없었다. 하지만 혼은 그 로라라는 여자를 기억하고 있지 않았다. 아무리 머릿속을 더듬어 봐도 로라에 로자도 없다.

"잠깐만, 그러면 그 로라라는 여자가 있고. 그 여자가 공격을 빗나가게……."

"온다!"

다테가 소리쳤다. 거구는 일단 창을 샤오 하이에게 던졌다. 혼은 신속을 쓰고 달려가 힘이 빠져 움직이지 못하고 있는 샤오 하이를 잡은 뒤 몸을 날렸다.

"으아악!"

"크윽."

샤오 하이의 비명소리와 함께 창이 땅에 박혔다. 창이 먼지가 되어 사라지고 혼은 샤오 하이에게 말했다.

"방금 그 화살 또 쏠 수 있겠어?"

"혈석 먹고 좀 지나면 가능해."

샤오 하이를 살린 이유는 단 하나. 천화의 말이 사실일 경우 혼의 팀이 마지막에 남는 팀이 될 수 있을 리가 없기 때문이다.

천화의 말대로 로라라는 여자가 존재한다고 가정하자. 그러나 혼은 그 여자를 볼 수도 없고, 기억할 수도 없다. 그렇다면 여자의 능력은 존재감이 사라지는 것이 아닐까.

그렇다면 큰 문제가 발생한다. 플레이어들도 인식하지 못하는 사람을 과연 저 거구가 인식할 수 있을까. 인식할 수 없다는 뜻은 랜덤으로 행하는 공격의 타깃이 되지 않는다는 것이었다.

결국 시간을 끌면 그 여자만 놔두고 모두 전멸한다는 뜻이다. 그렇다면 유일하게 장거리 공격이 가능한 샤오 하이를 살려야만 했다.

"두번째 공격이다!"

다테의 외침이 들렸다. 목표는 샤오 하이의 동생인 쑨 하이. 손도끼가 빙글빙글 돌며 쑨 하이에게로 날아갔다.

"으아아아아!"

쑨 하이는 괴성을 지르며 땅에서 무언가를 뽑아냈다. 그것은 쑨 하이의 무기 능력, 대지 방패였다. 땅을 들어 올린 뒤 강화시켜 단단한 방패를 만드는 것이었다. 손도 끼는 대지 방패에 꽂혔다. 대지 방패에 균열이 생겼지만 다행히 박살나지는 않았다.

"창이었으면 뚫렸겠군."

혼의 말에 샤오 하이가 부르르 떨며 일어났다.

"괜찮냐! 쑨 하이!"

"괜찮습니다!"

쑨 하이가 방패로 상대를 밀어내면서 뒤에서 샤오 하이 가 화살을 쏜다. 두 형제가 미궁에 처음 들어왔을 때부터 항상 사용하던 전술이었다. 그 덕분에 무기 각성도 두 사 람의 성향에 맞추어 부여된 것이었다.

어쨌든 한 시름 돌렸다. 이번에는 그래도 제대로 된 무 기가 공급되었다. 거구가 두 개를 던졌듯이 이쪽에도 투 척용 창과 원형방패가 지급되었다. 혼은 두 무기를 들고 샤오 하이에게 말했다.

"다음 공격은 언제 가능하지?"

"한 3분만 쉴게. 그래도 되냐?"

"저 벽한테 물어봐라. 최대한 빨리 준비해. 안 그러면 공격을 한 번 더 버텨야 하니까."

"노력해보지."

혼은 곧바로 천화에게 다가갔다. 아무래도 그 로라라는 여자에 대해 더 알아야 할 것만 같았다.

"그래서 그 로라라는 여자는 지금 어디 있지?"

"구석에 서 있어요. 계속 저만 보는데요?"

"눈을 마주쳤나?"

"아까 설명하면서. 원래는 신경 안 쓰고 있었는데……."

"그래?"

천화에게 설명을 들은 혼은 창과 방패를 선 밖으로 던졌다. 그것을 본 하이 형제가 괴성을 질렀다. 심지어 쑨하이는 혼의 코앞까지 달려와 따지기 시작했다.

"뭐하는 짓이야! 또 공격당하게 생겼잖아! 시간을 최대한 끌려는 거 아니었어?"

"기다려 봐. 확인할 게 있어서 그래."

혼은 천화의 어깨를 잡았다.

"넌 너한테만 집중해. 수호설을 너한테만 쓰라는 말이야. 알았어?"

"아, 알았어요. 근데 왜?"

"그냥 해."

혼은 그렇게 말하고 거구를 주시했다. 거구의 손에는 불타고 있는 볼링공과 심지가 타들어가는 폭탄이 들려 있었다.

"폭탄이라고? 이거 완전히 엿된 거 아냐?"

다테가 혼에게 말했다.

"언제는 뭐 좋았던가?"

만약에 혼의 예상이 맞는다면 거구는 천화를 공격할 것이다. 두 개의 공격이 전부 다 천화에게로 향할 가능성도 배제할 수 없다.

아니나 다를까, 거구는 천화를 향해 폭탄과 불타는 볼링공을 동시에 던졌다.

"다테, 볼링공 막아!"

다테는 혼의 말이 떨어지기가 무섭게 볼링공의 앞에 섰다. 그는 철의 기운을 한 손에만 불어넣어 효과를 극대화시킨 뒤 볼링공의 궤도를 틀었다. 박살났던 오른손이 또 뭉개졌지만 그 정도는 혈석을 먹으면 괜찮아진다.

혼은 폭탄을 향해 달렸다. 심지가 있는 것으로 보아 심지가 다 타기 전에는 폭발하지 않는 것 같았다. 혼은 최대한 앞으로 튀어나가 폭탄이 터지기 전에 그것을 잡아냈다.

"크윽."

혼은 폭탄을 재빨리 공중으로 던졌다. 하지만 거구가 이미 심지가 거의 다 탄 상태로 던졌기 때문에 폭탄은 얼마 안가 터졌다.

혼은 양 손으로 얼굴을 보호하며 뒤로 튕겨져 나왔다.

양 팔이 타버렸지만 잘리지 않는 한 상관은 없다. 혼은 혈석을 입에 넣고 외쳤다.

"예상대로군."

"뭐가 예상대로야?"

다테는 박살난 손을 부여잡고 혼에게 다가왔다.

"천화의 말이 맞았어. 이거 원래부터 다 죽으라고 만든 게임이야. 천화가 말하는 로라라는 년이 이 게임의 주최자다."

혼의 말에 다테는 고개를 갸웃거렸다.

"그러니까 그 로라가 누군데?"

"몰라, 나도. 천화만 볼 수 있다."

절대기억자인 천화는 아마도 존재감을 없애는 술수에 걸리지 않은 듯싶었다.

기억조작일까? 최면일까? 어쨌든 인식능력에 뭔가가 끼어든 것임은 분명했다. 로라라는 사람이 존재하지 않을 가능성도 있었지만 이번 공격으로 그 존재가 입증되었다.

로라는 이 게임에 관계자고 자신을 알아볼 수 있는 유일한 사람인 천화를 없애려고 했다. 우연이라고 치부하기에는 시기적절했다.

"그래서 로라는 지금 뭐하고 있지?"

"구석에서 노려보고 있어요. 저만 보이니까 무서운데요."

"기다려봐 볼 수 없는 게 아니니까."

혼은 천화가 가리킨 구석을 보려고 했다. 무언가가 존재한다면 그것은 투명이 아닌 이상 보일 수밖에 없다. 천화가 볼 수 있는 것을 혼이 볼 수 없을 리가 없었다.

생각해보면 구석에 있는 로라가 보이지 않은 것이 아니라 그녀를 혼이 보지 않은 것이다. 혼은 지금까지 단 한 번도 로라가 있다는 구석을 보지 않았다. 심지어 천화에게 로라가 저기 있다는 말을 들었을 때도 그는 로라를 보려고 하지 않았다.

"후, 보자."

혼은 억지로 고개를 들어 구석을 쳐다봤다. 시선은 자꾸만 하늘과 땅으로 향했지만 그는 눈동자 하나, 하나를 억지로 움직이며 로라가 서 있다는 구석을 쳐다봤다.

그곳에는 로라가 서 있었다.

"기억난다."

로라를 보는 순간 최면에서 깬 것처럼 그녀에 대한 기억이 떠올랐다. 울고 있던 처음의 순간부터 자기 이름을 설명하던 때까지. 혼은 로라에게서 시선을 떼지 않고 일어섰다.

"참, 귀찮은 년이 걸렸네."

로라는 천화를 슬쩍 보고는 팔짱을 꼈다.

"뭐, 그래서 어쩌겠다고? 플레이어들끼리는 공격 못해 알지?"

천화는 절대기억을 가지고 있었기 때문에 로라를 잊지 않았다. 원래 인간의 기억은 사라지지 않는다. 무언가를 까먹는 것은 그 기억이 무의식으로 가라앉았기 때문이다. 다른 플레이어들에게서 로라라는 여자에 대한 것을 전부 무의식 끝자락으로 보내버린 것이다.

그러나 천화에게는 무의식이라는 것 자체가 없었다. 잊을 수 없다는 저주에 걸린 천화는 로라의 존재를 계속해서 인지했다.

덕분에 이렇게 들켜버렸다. 하지만 로라는 별로 신경 쓰지 않았다.

"나도 플레이어거든. 룰은 절대적이야. 이 안에 들어온 이상 네가 할 수 있는 건 없어."

로라는 깔깔거리며 웃었다.

혼은 입술을 깨물었다. 무슨 방법이 없을까. 로라가 플레이어로 남아있는 이상 이 살인피구는 영영 계속될 것이다. 모두가 죽을 때까지 말이다.

"너희는 아무것도 못한다고. 그냥 죽어야지. 아 맞아, 그 화살 내가 빗나가게 했어. 게임의 주최자니까 그 정도는 할 수 있거든. 큰일 날 뻔했지 뭐야. 이 재밌는 게 금방 끝날 뻔했으니. 하하하하하."

로라는 혀를 내밀며 혼을 조롱했다.

다테는 혼과 천화를 쳐다보며 말했다.

"뭐해? 거기 뭐가 있는데?"

다테는 혼과 천화가 바라보고 있는 쪽으로 고개를 돌렸다. 하지만 그는 로라를 발견하지 못했다.

여러 명이서 무언가를 바라볼 때, 누군가는 저기 저거 안보이냐며 가리키고 다른 사람들은 어디? 어디? 하면서 찾는 상황을 많이 보았을 것이다.

그것과 같은 원리다. 초점이 맞지 않는 것이다. 같은 곳을 보더라도 초점이 다른 곳에 맞춰지기 때문에 존재하는 것도 인식하지 못하는 것이다.

혼은 초점을 스스로 조작해 로라를 찾아냈지만 그것은 극도로 자신을 컨트롤 할 수 있도록 훈련된 혼만 가능한 기술이었다.

"다테, 저 중국인들 불러."

"알았어."

다테는 일단 혼이 시키는 대로 따랐다. 중국인들은 혼의 옆으로 걸어와 말했다.

"뭔 일이냐?"

"잘 들어. 지금 여기에는 우리 말고도 한 명이 더 있어. 너희는 인지하지 못하겠지만 존재해."

"그걸 지금 믿으라고……."

"쑨 하이! 닥쳐봐."

샤오 하이는 쑨 하이에게 일갈을 날렸다. 비록 필요에 의한 것이었지만 혼은 샤오 하이의 목숨을 살려주었다. 게임이 시작하자마자 무기를 차지한 뒤 생존할 수 있는 가장 합리적인 방법을 취한 남자가 혼이다. 샤오 하이에게는 혼이 헛소리나 지껄일 인물은 아니라는 확신이 있었다.

"그래서?"

"저 녀석이 이 게임의 주최자며 동시에 플레이어야."

"공격을 할 수는 없군."

샤오 하이는 이해가 빨랐다. 혼은 고개를 끄덕이고는 다시 말했다.

"그래서 방법이 있는데 말이야."

혼은 샤오 하이에게 귓속말로 말했다. 샤오 하이는 난감한 표정을 지었지만 이내 고개를 끄덕였다.

"그 방법 밖에 없다면 어쩔 수 없지."

샤오 하이는 고개를 끄덕이고는 로라가 있는 구석으로 걸어갔다.

"이쯤인가?"

"그래 맞아."

샤오 하이는 그대로 주저앉았다. 로라는 샤오 하이를 슬쩍 보고는 다시 혼에게로 시선을 돌렸다.

"뭐하는 거야? 자포자기?"

"쑨 하이! 일로 와라."

쑨 하이는 짜증 나는 얼굴로 샤오 하이에게로 걸어갔다. 그에게 있어 형님의 명령은 절대적이었다.

"뭐하는 짓입니까? 저놈 말을 믿습니까."

"이래죽나 저래죽나."

"참나, 형님!"

샤오 하이는 팔짱을 끼고 우두커니 앉아 있었다. 뒤이어 혼과 다테 그리고 천화가 앉았다. 혼은 안기 전에 천화에게 말했다.

"내가 한 말 다 기억하고 있지."

"네."

"부탁하마."

혼은 무기 두 개를 밖으로 던져 버리며 로라에게서 시선을 돌려 앉았다. 그 순간 거짓말처럼 머리에서 로라에 대한 기억이 싹 날아갔다. 혼이 살짝 당황해하는 모습을 보이자 천화가 말했다.

"다 혼씨가 시킨 거예요. 그렇게 말하라 했어요."

"그러냐?"

혼은 천화의 말에 고개를 끄덕였다. 천화가 자신에게 거짓말을 할리는 없다. 지금까지 그녀의 행동을 보고 만든 데이터기 때문에 믿을 수 있었다.

"야, 뭐하는 거야? 어이 여자. 넌 들리지? 뭐하는 거냐고!"

"다 같이 죽자는 데요? 운 좋으면 당신이 먼저 죽을 거라고."

천화는 친절하게 로라에게 설명을 해준 뒤 앉았다.

"이런 미친."

로라는 당황했다. 이미 빠져나갈 수 있는 공간이 사라졌다. 사방이 플레이어로 막혀 있어 공격행위로 간주되어 몸을 밀치며 나갈 수도 없었다.

룰은 절대적이다.

로라가 했던 말 중에 하나였다. 혼은 그 절대적인 룰에 도박을 건 것이었다. 아무리 주최자라 할지라도 룰을 삭제하지 않는 이상 룰에 위반되는 행동을 할 수는 없다.

원래라면 단순히 룰은 잠시 삭제하고 이들을 밀치면 된다. 그러나 그러기에는 천화라는 여자가 무서웠다. 이 여자는 로라를 항시 인식하는 것이 가능하기 때문에 룰을 섣부르게 삭제했다가는 역으로 공격을 당하게 된다.

"하하하, 너희가 먼저 죽을 걸? 내가 뒤에 있잖아."

"타깃이 된 사람은 알아서 피하겠죠."

천화는 마음을 굳힌 듯 거구를 쳐다봤다. 거구의 손에

는 끝이 뾰족한 긴 쇳덩이가 들려 있었다.

"미사일이잖아요! 형님! 다 죽어요!"

"어이, 형씨. 미사일인데 괜찮아."

"기억이 날아가서 모른다."

혼은 고개를 절래 흔들며 천화를 쳐다봤다.

"괜찮나?"

"혼씨의 기억이 있었으면 좋아했을 거 같은데요."

천화의 말에 혼은 미소를 지으며 샤오 하이에게 말했
다.

"들었지. 괜찮단다."

"이 미친 새끼들아! 안 괜찮다고!"

로라가 뒤에서 소리를 질렀지만 아무도 듣지 못했다.
청각마저 로라가 말하는 것은 들을 필요 없는 소음으로
인식을 하는 것이었다.

혼의 작전은 간단했다. 로라가 타깃이 절대로 되지 않
는다면 로라까지 타깃이 되게 만들면 되는 것이었다. 모
두가 로라의 앞에 옹기종기 모여 있으면 게임의 룰대로
거구는 있는 힘껏 공격을 가할 것이다. 거기서 한명이라
도 피해내면 혹은 죽더라도 투사체의 위력이 충분히 강하
다면 로라도 맞게 되는 것이다.

주최자인 로라는 절대적으로 안전한 위치에서 플레이
어들이 게임을 하는 것을 즐겼다.

항상 안전하던 사람은 위협에 노출 되는 것에 내성이 없다. 혼은 로라가 게임을 중지하기를 바라고 작전을 펼친 것이다. 만약 중지시키지 않더라도 로라가 죽으면 게임이 끝날 테니 상관없다.

그리고 혼의 예상대로 로라는 동요하고 있었다.

"형님! 빠져나가야 한다니까요!"

"쑨 하이. 쪽팔린 소리 좀 그만해라. 이놈들도 여기 앉아 있는 건 매한가지인데 왜 너만 지랄이야. 쪽팔리게."

"형님! 날아오잖아요!"

거구는 있는 힘껏 미사일을 던졌다. 누구 하나라도 튀어나가면 타깃을 그놈으로 바꾸기 위해 기다리고 기다리던 로라는 다가오는 죽음 앞에 비명을 질렀다.

"꺄악! 그만! 그만! 게임 중단이다!"

그녀의 외침과 동시에 거구와 미사일, 그리고 코트까지 통째로 사라졌다. 미사일은 피해봤자 답이 없기 때문에 눈을 감고 있던 남자들은 그제야 안도의 한숨을 내쉬었다.

"후, 잘했다."

혼은 샤오 하이에게 말했다. 샤오 하이는 고개를 절래 흔들며 일어나더니 혼에게 악수를 청했다.

"고맙다. 덕분에 살았다."

마지막까지 비명을 지르던 쑨 하이는 창피한지 뒷목을 긁었다. 그렇게 인사를 하는 사이 천화는 로라를 잡기 위해 검을 휘두르고 있었다.

"잠깐!"

로라가 손을 들며 외쳤다. 곧 인식능력이 제대로 돌아온 듯 남자들도 로라를 발견하고는 인상을 찌푸렸다.

"진짜로 있었군."

모두가 다테와 같은 생각을 했다. 로라에 대한 기억이 돌아오자마자 샤오 하이는 활을 소환했다. 로라는 마치 조련사처럼 손바닥을 샤오 하이에게 보였다.

"잠깐, 너희 그러면 새로운 게임이 시작되는 수가 있어."

"쳇."

샤오 하이는 인상을 찌푸리며 활을 내렸다.

"정체가 뭐지? 워커냐?"

"워커? 하하하하, 내가 너희랑 같냐? 뭐, 너희가 부르기로는 괴인이라고 부르지."

괴인.

미궁에서 태어난 인간 형태를 한 생명체를 통칭하는 말이었다. 그 중에는 지능이 인간보다 높은 놈들도 존재했고, 아예 짐승 수준인 녀석들도 있었다.

로라는 지능이 꽤 높은 축에 속했다.

"나도 너희가 재미없어서 싫거든. 그러니까 우리 여기서 못 본 척 지나가는 거 어때?"

혼은 코웃음을 치며 말했다.

"싫다면?"

"어차피 인식회피를 쓰면 너희는 날 공격도 못해."

"써봐."

혼이 한 걸음 앞으로 걸어가며 말했다. 로라는 당황해 바로 능력을 사용했다. 천화만 어떻게 할 수 있다면 나머지는 가지고 놀 수도 있었다. 일단 인식회피를 사용해 저들에게서 자신을 지운 뒤 생각해도 늦지 않는다.

인식회피를 쓰자 다테와 샤오 하이, 그리고 쑨 하이는 완전히 로라에 대해 잊었다. 혼 또한 로라쪽을 보고는 있었으나 고개를 갸웃거리고 있는 것이 로라를 인식하지 못하는 것으로 보였다.

"후, 그럼 이제 이 년만 처리하면."

로라는 천화에게로 시선을 돌렸다. 천화는 수호설을 꺼내들고 로라와 대치했다. 비록 전투에는 자신이 없는 로라였지만 그건 천화도 마찬가지였다. 천화의 능력은 서포팅과 생존에 특화되어 있기 때문에 누가 이길지 확신할 수 없었다.

"네 년만 죽이고 천천히 게임을 만들면 되겠네."

로라는 처음부터 전력을 다할 생각이었다. 싸움이 길어

지면 아무리 인식회피를 썼다고 하더라도 다른 이들이 자신을 발견하게 될 것이다. 인식하시 싫어도 인식을 할 수밖에 없는 상황이 만들어지면 능력이 깨져버린다.

"죽어……라?"

로라의 말이 끝나기도 전에 세버런스가 로라의 심장을 찔렀다. 혼은 쓰러진 로라의 위에 올라타 그녀를 내려 보았다.

"어, 어떻게?"

"첫 째, 나는 이미 너의 능력을 알고 있어. 정신을 부여잡고 너를 주시하고 있기만 해도 너의 능력은 통하지 않아."

처음 로라가 모두에게 능력을 걸 수 있었던 이유는 모두가 게임에 신경이 팔려 있었기 때문이다. 물론 인식회피에 걸리지 않기 위해서는 매우 집중해 로라만을 봐야하겠지만 혼은 그 사실조차 알고 있었다.

"둘 째, 바로 새로운 룰의 게임을 만들지 않았다. 거기서 나는 게임을 만들기 위해 시간이 필요하다는 걸 알았지."

만약 로라가 게임을 바로바로 만들 수 있었다면 살인피구가 끝나는 순간 어떠한 게임을 바로 시작했을 것이다. 그게 아무리 허접스럽다 하더라도 룰을 설정할 수 있기 때문에 로라를 죽이는 것은 사실상 불가능해진다.

"그래서 널 죽이기 위해 조금 연기를 했어."

고개를 갸웃하는 행동. 자신의 능력을 맹신하고 있던 로라는 거기서 혼이 능력에 걸렸다고 생각했을 것이다. 아나나 다를까, 로라는 천화만 경계를 할 뿐 혼에게서는 완전히 등을 돌렸다.

"괴인의 신체가 인간과 같을지는 모르겠지만."

"자, 잠깐만."

혼은 세버런스를 로라의 목에 가져다 대었다. 로라는 부들부들 떨리는 입술로 힘겹게 말했다.

"나, 나랑 같이 게임을 하는 건 어때? 오는 워커들을 다 죽이는 거야. 점수도 꽤 많이 얻을 걸? 너를 무적으로 해줄게. 원하는 여자 있으면 다 강간하게 해줄게. 어때? 어때?"

혼은 잠시 생각하는 척 하더니 씩 웃었다.

"그건 원하면 그냥도 할 수 있어."

"아, 안 돼!"

그 말을 끝으로 혼은 로라의 목을 그었다.

"너의 몸이 어떤 구조를 하고 있는지는 모르겠지만. 목이 잘리면 끝이겠지 뭐."

혼은 가루로 사라지는 로라를 쳐다보았다. 점수가 500점이 들어왔다.

로라의 죽음과 함께 길을 막고 있던 벽들이 사라졌다.

벽 너머로 끝없이 펼쳐진 초원이 보였다.

"고작 1500점짜리가 엄청 힘들게 했네."

"수고했어요."

천화는 혼에게 걸어와 말했다.

"마지막에 했던 말 사실 아니죠? 뭐, 그 원하면 할 수 있다는 말."

"아~ 그거. 나 사마천이야. 성욕 없어."

혼이 말하자 천화가 인색한 표정을 지었다.

"지, 진짜요?"

"왜? 곤란해?"

"제, 제, 제가 왜요?"

천화는 고개를 절레절레 흔들며 목적지도 없이 어디론가 걸어갔다. 그것을 보고 있던 다테가 혼 어깨에 손을 올리며 말했다.

"부러운 놈아."

"뭐가 부럽지?"

"몰라서 물어보냐?"

"아니, 너무 많아서 묻는 거야. 네가 날 부러워할 점이."

"아, 재수 없는 놈."

다테도 역시 천화처럼 고개를 절레절레 흔들며 천화와 같은 곳을 향해 걸어갔다. 혼은 피식 웃고는 세버런스를 다시 창고에 넣었다. 샤오 하이는 힘이 다 빠지는지 그대로 주저앉은 채로 혼을 불렀다.

"고맙다. 다시 인사하지."

"길은 하나다. 같이 안가나?"

"그 화살 한 번 쏘면 원래 30분은 이러고 쉬어야 돼. 무리하고 있었을 뿐이야."

"그럼. 난 이만 가지."

혼은 손등을 보여주며 인사를 하고 다테와 천화를 따라 갔다. 샤오 하이는 그의 뒤를 보며 외쳤다.

"다시 보자."

"기회가 되면."

어차피 다음 미궁으로 가는 열쇠를 찾기 전까지는 안전 지대에서 노가다를 뛰고 있어야 하는 것이 반대편의 미로 다. 적어도 훗날 같은 편이 될 수 있는 사람이 늘었다는 것에 혼은 만족했다.

NEO MODERN FANTASY STORY & ADVANTURE

메이즈
헌터

5

Maze Hunter

5

초원이 끝없이 펼쳐지고 있었다. 살인피구가 끝나고 한 달. 딱히 강력한 괴수를 만나지 않고 순조롭게 안전지대를 향해 가던 중이었다. 혼이 최전방에서 주변을 둘러보며 가고 있었고, 그 뒤를 다테, 그리고 천화가 따랐다. 천화의 옆으로는 강아지만큼 커진 하양이가 쫄래쫄래 걷고 있었다.

일행이 잠시 쉬기 위해 자리를 잡고 앉았을 때 천화가 지도를 펼쳐 보이며 입을 열었다.

"다음 안전지대는 좀 유명한 곳이에요."

"지도에는 별 말 없는데?"

"아니, 신문에 나와 있어요."

천화는 신문을 소환했다. 매일 같이 하나씩은 사서 구독하고 있었기 때문에 쌓아 놓은 양이 꽤 되었다.

"여기 있다."

천화가 보여준 신문에는 데몬즈라는 길드에 대한 기사가 실려 있었다.

기사의 내용을 요약하면 이렇다. 데몬즈라는 길드가 스윈던이라고 불리는 안전지대를 벌써 1년 째 유지를 하고 있다는 것이었다. 문제는 이 스윈던이 바로 요 코앞에 나올 안전지대라는 것이었다.

"데몬즈는 랭킹 3위 길드에요. 21명의 인원을 고수하고 있다고 대충 정보는 나오는데."

혼은 머리를 긁적였다. 제노사이드가 1위라는 것을 알고 있었기 때문에 적어도 그들보다는 약하다고 생각할 수 있었다. 허나 최악의 경우 손톱의 때만큼 약할 가능성이 있었다. 랭킹 1위나, 3위나 강한 것은 매한가지일 테니.

"그러니까 3위 길드가 지금 요 앞의 안전지대를 가지고 있다는 거잖아."

"그렇죠."

"여기가 문에서 얼마나 떨어진 곳이지?"

"두 번째로 먼 곳이죠."

혼은 턱을 슬쩍 만지며 고개를 끄덕였다.

두 번째 미로로 가는 문. 그곳에서 두 번째로 떨어진 안전지대, 스윈턴을 3위가 먹고 있다. 극히 낮은 확률로 괴수들의 몸에서 생성된다는 열쇠를 찾기에 가장 좋은 곳은 당연히 문에서 가장 가까운 안전지대다.

그러나 가장 가까운 안전지대는 그만큼 원하는 길드도 많았다. 랭킹 3위가 밀렸다는 뜻은 그들보다 강한 길드가 문에서 가장 가까운 안전지대를 차지하고 있다는 소리나 다름이 없었다.

랭킹 1위는 제노사이드. 제노사이드는 이미 혼과 협력하기로 구두로 약속을 했다, 또한 아무리 빨리 가더라도 천화가 있는 혼 일행보다 더 빠를 수는 없을 테니 그들은 아니었다. 그렇다면 랭킹 2위가 마지막 안전지대를 차지하고 있다고 봐도 무관했다.

"뭐, 데몬즈라는 놈들의 성격 같은 건 없어?"

"그런 자세한 정보까지는 신문에 나와 있지 않았어요."

천화가 약간 풀이 죽어 말했다.

혼은 최악의 상황을 예측하기 시작했다. 미궁의 남아있는 사람들 중에 선인은 존재하지 않는다. 그런 관점으로 볼 때 데몬즈는 둘 중 한가지의 정책을 펼치고 있을 것이다.

안전지대로 들어오는 사람들은 전부다 죽이는 말살정책. 혹은 점수를 받고 통과를 시켜주는 위험이 따르지만 합리적인 점수정책.

혼의 입장에서는 후자인 경우가 훨씬 나았다. 적어도 대화는 통하는 상대일 것이며, 요구하는 점수가 터무니없이 높을 경우 그냥 뒤돌아 간다는 선택지도 존재하기 때문이다.

만약에 말살정책이라면? 안전지대를 들어가지 않는 편이 나을 수도 있다.

"일단 상황을 보러갈까? 얼마나 남았지?"

"내일 오전에는 도착할 수 있을 거 같아요."

혼은 고개를 끄덕였다.

데몬즈라는 놈들이 어떤 놈들인지 모르는 이상 일단 살펴보기는 해야 했다. 이번 안전지대만 넘어가면 제노사이드와 연합해 가장 명당인 문 바로 앞의 안전지대를 차지할 수 있었다.

그렇게 하루를 걷자 천화의 말대로 데몬즈가 차지하고 있는 안전지대의 입구가 나타났다. 혼은 언덕 위에 숨어 안전지대의 입구를 살폈다. 딱히 경비병 같은 것들이 없는 것으로 보아 출입문을 통제하고 있는 것 같지는 않았다.

"입구를 통제하지 않는다라……."

일단은 좋은 신호였다. 보통의 길드들은 안전지대를 지키기 위해 입구에서부터 외부인을 저지하는 모습을 보였다. 예전 최초의 미로에서 만난 라비린스 걸즈도 그런 길드 중 하나였다.

적어도 입구를 통제하지 않는 것으로 보아 안전지대로의 출입은 자유로운 것으로 보였다. 혼은 조금 더 가까이 가 상황을 살피고 싶어졌다.

"들어가 보자."

입구에서 보이는 안전지대의 상황은 평화 그 자체였다. 딱히 다른 사람도 보이지 않았고, 바로 앞에 강이 흐르고 있는 것이 보였다. 일단 들어가서 상황을 살피는 것이 좋을 듯싶었다.

결정이 끝난 혼은 언덕에서 내려와 안전지대를 향해 조심스럽게 걸어갔다. 그때, 혼의 어깨를 천화가 툭툭 쳤다.

"호, 혼씨."

"왜 그러지?"

"저, 저거 뭐에요?"

혼은 고개를 돌려 천화가 가리키는 것을 보았다. 천화가 가리킨 곳은 미궁의 벽 위쪽이었다. 그곳에는 기다란 얼굴 하나가 튀어 나와 있었다. 동그랗고 길쭉한 그것은 지구에서도 많이 본 적이 있는 얼굴이었다.

"거북이?"

혼이 인상을 쓰며 말했다. 그것은 거북이의 머리였다. 거북이는 미궁 안을 두리번거리며 앞으로 걸어 나왔다.

거북이의 앞발은 아주 자연스럽게 미궁의 벽을 통과해 바닥을 찍었다. 쿵하는 소리와 함께 천화의 몸이 절로 공중으로 튀어 올랐다. 천화는 혼을 잡으며 균형을 잡고는 사색이 되어 말했어.

"거, 거, 거, 거북이잖아요!"

"나도 눈 있다."

혼은 천화를 진정시키기 위해 말했다. 다테는 뒷걸음질을 치다가 엉덩방아를 찧었다. 거북이는 다시 한 걸음을 옮겼다.

쿵!

두 다리가 모두 벽 안으로 들어왔다. 거북이의 키는 대충 보아도 50m는 되어 보였다. 거북이의 다리는 모르고 보았다면 그냥 갈색 벽이 하나 서 있다고 밖에 생각이 안 될 정도였다.

이윽고 거북이의 등껍질이 나타났다.

아니, 그걸 거북이의 등껍질이라고 해야 할지 모르겠다.

동글동글한 소용돌이 모양의 등껍질. 바로 달팽이들이나 들어갈 법한 등껍질이 거북이 위에 씌어져 있었다. 마치 거대한 달팽이가 거북이 위에 얹어져 있는 모양이었다. 혼은 그 광경을 숨죽이고 쳐다봤다. 다행이도 거북이는 아직 혼 일행을 발견한 거 같지 않았다.

거북이는 멍하게 앞을 바라보며 걸어가다가 발걸음을 멈추었다. 그리고는 멍한 얼굴을 이리저리 흔들다 자신의 발밑에 있는 혼 일행을 발견했다.

거북이와 눈이 마주친 세 사람은 숨을 삼켰다. 순간 거북이의 동공이 커졌다.

"우어어어어어어!"

거북이가 낮은 음으로 울기 시작했다. 그 소리가 얼마나 큰지 세 사람은 귀를 막았음에도 한동안 소리를 들을 수 없을 정도였다.

거북이가 놀라 옆으로 한 걸음 움직였다. 그러자 등껍질에서 흐물흐물한 것이 기어 나왔다.

'달팽이?'

천화와 다테는 처음 보는 이질적인 생명체에 넋을 놓았다. 오직 혼만이 달팽이가 무엇을 하는지를 긴장하며 지켜볼 뿐이었다.

달팽이는 나오자마자 귀찮다는 듯 점액을 퉤 뱉었다. 혼은 그와 동시에 멍하니 서있는 천화의 등짝을 치며 말했다.

"수호설!"

"네? 네!"

천화는 항상 품에 들고 다니는 수호설을 꺼냈다. 사방으로 점액이 튀었고 그중 가장 큰 덩어리가 혼 일행을 향해 날아들었다. 다행히도 천화는 수호설을 점액이 덮치기 전에 발동시킬 수 있었다.

"아윽."

천화는 수호설을 높게 들고 다른 한손으로는 머리를 부여잡았다. 혼은 점액의 파편이 치이익~ 소리를 내며 초원의 풀들과 땅을 녹이는 것을 보았다. 땅에 구멍이 생길 정도로 엄청난 산성.

"엄청난데요? 이거 버티기 힘들 거 같은데."

천화가 애써 미소를 보이며 말했다. 이미 수호설의 보호막이 흔들리고 있는 것을 보고 혼도 알아차렸다. 저 거대한 거북이와는 싸울 수가 없다. 딱 폼을 보아하니 오버로드 중 하나일 것 같았다. 아마 있는 힘을 다해 검을 휘둘러도 저 두꺼운 다리 하나 자를 수 없을 것 같이다.

거북이는 혼 일행이 살아있는 것을 확인하고 육중한 몸을 돌렸다. 혼은 안전지대를 바라봤다.

"일단 빨리 안전지대로 가자."

혼은 뒤에서 천화를 안아 들고는 신속을 사용해 안전지대로 달렸다. 그래도 다행이었다. 바로 앞에 안전지대를 두고 저런 오버로드를 만난 것은.

다테는 허둥거리다가 맹수화를 사용한 뒤 네 발로 뛰었다.

"야! 야!"

혼은 안전지대 안에 도착한 뒤 저 멀리서 거북이에게 쫓겨 오는 다테를 돌아보았다. 마치 코끼리에게, 아니, 탱크에게 쫓기는 사자와 같은 모습이었다. 냉정하게 볼 때 도망치기 쉽지 않을 것 같았다. 혼이 무표정으로, 하지만 초조하게 서 있는 동안 천화는 다테를 응원했다.

"빨리요! 거의 다 왔어요!"

쿵!

다테가 겨우겨우 안전지대에 들어와 굴렀고 거북이는 목만이 안전지대 안으로 들어올 수 있었다.

쿵! 쿵!

거북이는 벽을 통과해 들어오려고 애를 쓰다가 울상을 지으며 다시 뒤로 후진했다. 안전지대의 입구는 거북이가 통과할 수 있을 정도로 넓지 않았고 또한 통과도 되지 않는 듯싶었다.

"후, 살았다."

다테는 하늘을 보며 대자로 누웠다.

"아쉽군."

다테는 혼을 노려보다가 다시 고개를 돌렸다.

"하아, 하아. 아, 대꾸할 힘도 없다."

거친 숨을 뱉고 잠시 휴식을 취한 뒤 다테는 일어났다. 혼은 이미 안전지대의 안을 둘러보고 있었다.

역시나 지금까지와의 지형과 크게 다르지 않았다. 초원이 넓게 깔려 있었고, 바로 앞에는 거대한 강이 흐르고 있었다. 그리고 강의 저편에는 인간이 지은 것으로 보이는 중세시대의 성처럼 보이는 것이 지어져 있었다.

입구를 통제하지 않은 이유를 알 것만 같았다. 어차피 이런 깊숙한 안전지대까지 온 사람들은 전부 두 번째 미로로 가려는 생각이 있을 것이다.

허나 저렇게 성으로 출구를 막아버린 이상 워커들은 그 목표를 이룰 수가 없다.

이 안전지대에 들어온 사람은 조용히 뒤돌아가던가 그게 아니라면 저 성 안으로 들어가야만 했다.

또한 강으로 막혀 있어 입구 쪽의 땅은 그렇게 넓지 않았다. 걸어서 5분이면 다 돌 수 있을 정도였으니까.

"안내판이 있네요."

천화는 입구 바로 옆의 나무로 만들어진 안내판을 가리켰다.

-스윈던에 오신 것을 환영합니다.-

이 나무 안내판도 이곳의 사람들이 만들었을 것이다. 데몬즈가 만든 것이라면 일단 싸울 생각이 없다는 것은 예상할 수 있었다. 이제 곧 죽일 사람을 위해 안내판까지 만드는 수고를 하지는 않았을 테니까.

다테와 천화가 안내판을 살피고 있을 때 혼이 말했다.

"조심해라."

"에?"

"거북이 아직 있다."

그 순간 천화와 다테의 목 뒤로 거친 숨결이 느껴졌다. 고개를 돌리자 그곳에는 매끈한 청록색의 거북이 머리가 쿵쿵거리며 혀를 날름거렸다. 천화와 다테는 소리를 지르며 혼이 있는 강 근처까지 달려와 쓰러졌다.

"헉, 헉. 죽을 뻔 했다."

천화가 숨을 내쉬며 말하고 있을 때 혼이 옆쪽을 가리켰다.

"저기 사람도 있네."

혼이 가리킨 곳에는 세 사람이 앉아 경계의 눈초리로 혼 일행을 노려보고 있었다.

"먼저 와 있는 사람이 있었네요."

천화가 걱정스럽게 말했다. 미궁에서 워커끼리, 그것도 안전지대에서 만난다는 것은 그다지 좋은 일이 아니었다.

그때 세 사람 중 히스패닉계의 여자가 일어나더니 혼에게 다가왔다. 갈색피부에 올려 묶은 포니테일. 작은 얼굴에 선명한 이목구비가 꽤나 이국적인 미인이었다. 여자가 어느 정도 다가오자 혼이 더 이상 다가오지 말라는 듯 빠르게 말했다.

"너희는 뭐지?"

혼이 먼저 질문했다.

"너희와 같다. 스윈던으로 들어온 워커지."

여자는 굉장히 피곤한 눈을 하고 있었다. 정확히 말하면 스트레스가 많은 눈이었다.

혼은 뒤에서 대기하고 있는 여자의 동료들을 슬쩍 보았다. 두 남녀 커플은 서로 쑥덕거리며 귓속말을 하고 있었다. 앞으로 나온 히스패닉계의 여자는 간단하게 자기소개를 했다.

"내 이름은 레야라고 한다. 뒤에 두 사람은 오노 쇼헤이. 마르타 멘데스. 일단은 같은 길드다."

일단은……이라.

혼은 세 사람이 만나지 얼마 되지 않았거나, 혹은 이 안전지대에서 처음 만난 사이가 아닐까 생각했다. 이럴 경우에는 물어보는 것이 가장 빠르다.

"일단은?"

"그래, 여기서 만났다."

의문점을 확인한 혼은 본론으로 들어갔다.

"그래서 우리에게 원하는 것이 뭐지?"

"간단해. 우리와 같은 길드를 해줬으면 좋겠다."

레야의 말에 혼은 고개를 갸웃하며 팔짱을 꼈다. 팔짱을 끼는 행위는 상대를 받아들이지 않겠다는 표시이기도 했다.

"왜 같은 길드를 해야 하지?"

"데몬즈에 대항하기 위해서."

"대항? 우리를 환영한다는 팻말까지 적어놓은 놈들인데?"

혼은 일부러 얼빠진 놈처럼 행동했다. 사실 저 팻말에는 아무 의미가 없을 것이다. 애초에 데몬즈가 스윈던을 차지한 것은 1년 밖에 되지 않았다. 팻말이야 그 전에 있던 길드가 세웠을지도 모르지 않은가.

이는 모두 레야에게서 정보를 빼내기 위해서였다. 혼을 같은 길드로 만들고 싶은 레야의 입장에서는 어떻게 해서든 데몬즈가 나쁜 놈들이라는 것을 혼에게 인식시켜줄 필요가 있었다. 그 설득하는 과정에서 자동적으로 정보가 튀어나올 것이다.

"고작 팻말에 신뢰를 보이다니. 그런 생각으로 여기까지 잘도 왔군."

"칭찬은 고맙다."

혼은 어깨를 으쓱하며 대수롭지 않게 대답했다.

"저 성은 폼인 줄 아나?"

"오랫동안 안전지대에 살려면 성 정도는 필요하겠지."

혼의 말에 레야는 답답하다는 듯 한숨을 내쉬었다.

"저 성은 워커들을 유인하기 위한 감옥이다."

"감옥?"

"그래. 성 앞까지 가면 데몬즈는 성문을 열고 워커들을 환영한다. 그리고 성문을 닫아 퇴로를 막은 뒤 바로 공격을 하지."

레야의 말을 신뢰하자면 데몬즈는 아쉽게도 말살정책을 펼치는 길드인 듯싶었다. 입구지대를 통솔하지 않는 것과 환영팻말을 세워놓은 것, 이것들은 전부 성으로 유인하기 위한 속임수나 다름이 없는 것이었다.

혼은 다시 얼빠진 질문을 했다.

"네가 그런 정보를 어떻게 알고 있지? 믿을 수가 없는데."

레야가 주는 정보는 믿을 수밖에 없는 것이었다. 왜냐면 혼 일행이 저 성에 들어가지 않음으로서 레야가 얻는 이득이 없고, 혼이 보는 손해도 없기 때문이다. 그럼에도 혼은 어깃장을 놓았다. 그것은 조금 더 레야라는 사람을 알기 위한 것이었다.

"후, 내가 들어갔다 왔으니까."

레야는 정색을 하며 말했다. 그녀의 표정을 보아 거짓말은 아닌 듯싶었다.

들어갔다가 다시 나왔다.

레야의 말대로라면 저 성이 마음대로 들어갔다 나왔다 할 수 있는 장소는 아니라는 것이다. 즉 레야는 저 성에서 탈출했다는 말이 된다. 그런데 왜 길드를 꾸려서 다시 들어가자고 할까.

'안에 뭐가 있군.'

레야가 성에 들어갈 이유가 있다는 것은 쉽게 알아낼 수 있었다. 이 여자는 지금 다시 성으로 들어가기 위해 이 안전지대로 들어오는 워커들을, 전력을 모으고 있는 것이었다.

"좋아. 그래서 이제 어쩌자는 거지?"

혼은 주위를 둘러보다 성을 가리켰다.

"저기 저 성에는 들어갈 수가 없잖아. 고작 6명으로 들어가자는 건 아니겠지."

"그건 아니야."

레야는 고개를 절레 흔들었다.

"지금 들어가면 다 잡히겠지."

혼은 레야의 말에 수긍하듯 고개를 끄덕였다.

"그래, 정직하게 들어가면 다 잡히겠지."

혼은 성을 바라보았다. 생각보다 귀찮은 상황이 생겼다. 뒤로는 거북이가 있어 쉽사리 나갈 수는 없었고 앞으로는 거대한 성이 출구를 막고 있다.

이것만 넘어가면 제노사이드와 연계를 할 수 있다. 혼으 입맛을 다시며 중얼거렸다.

"정직하게 들어가면 말이야."

❖

스윈던.

잘 다듬어진 돌로 쌓은 그 성은 아무것도 없는 초원 한가운데에 서 있어 더욱 더 이질적으로 느껴졌다. 언젠가 열쇠를 찾기 위해 이 안전지대를 찾은 길드가 만들었다는 성 스윈던. 수많은 길드가 거쳐 간 그 성의 현재 주인은 길드 데몬즈였다.

성벽 안으로는 수많은 집들이 지어져 있었다. 나무와 돌로만 지은 집들이었기 때문에 중세시대 정도의 수준 밖에 되지는 않았으나 바람을 막아주는 벽과 술 한 잔을 할 수 있는 주점이 있어 미궁의 길바닥보다 훨씬 나은 곳이었다.

스윈던의 주점.

한 여자가 술을 따르고 있었다. 금발머리에 20살은 됐을까 생각되는 앳된 얼굴. 이 서양 미녀는 억지로 미소를 짓고 일을 하고 있었다.

주점 안의 남자들은 하나 같이 팔에 악마가 그려진 완

장을 차고 있었다. 남자들은 술을 가져오라며 소리를 쳤고, 웨이트리스인 여자는 급히 맥주를 잔에 담아 날랐다.

"여기 있습니다."

여자는 고개를 조아렸다. 그 테이블에 앉아 있던 한 동양인 남자가 낄낄거리며 웃다가 말했다.

"오늘 밤 선약 없지?"

"네? 아, 오늘은 다른 분이……."

"에이씨, 내가 비워 놓으라고 몇 번 말했냐? 그럼 내일은?"

"내일은 없습니다."

여자는 수치심이 가득한 얼굴로 고개를 숙였다. 남자는 손가락을 튕기더니 점수구슬을 꺼내 여자에게 던졌다.

"이거 21번 형씨한테 주라고. 내 이름 똑바로 말하고. 알았냐?"

"네."

여자는 고개를 조아린 뒤에 점수구슬을 들고 다시 주방으로 들어갔다. 그때 주점 안으로 등에 17과 16이 쓰인 남자 두 사람이 들어왔다. 두 남자는 가만히 서있더니 외쳤다.

"바이샤들. 사냥이다. 아르민 대장이 부른다."

"하아."

남자들이 일제히 한숨을 내쉬었다. 특히나 방금 전에 점수로 예약을 잡은 남자는 머리를 탁자에 박았다.

등번호가 있는 남자들은 일종의 관리인이었다. 그들이야 말로 정말로 데몬즈라고 부를 수 있는 길드원들.

계급 크샤트리아.

성 안은 계급사회였다. 데몬즈의 간부 세 사람이 브라만으로 가장 높은 계급에 있으며, 길드원들이 크샤트리아로 서열 2위. 그리고 길드원은 아니지만 데몬즈에게 인정을 받아 훗날 데몬즈가 떠나고 난 뒤 성을 차지하게 될 사람들을 바이샤라고 불렀다.

그리고 그 밑으로 노예 계급인 수드라가 있었다. 현재 주점에서 웨이트리스를 하고 있는 여자가 수드라 중에 하나였다.

"그럼 이름을 부르겠다."

16번이 적힌 남자가 크게 외쳤다.

"코스타, 레안드로, 야스다, 그리고 에두아르도. 이번 선발이다."

여기저기서 한숨소리와 함께 만세를 외치는 소리가 들렸다. 이름이 불린 놈들은 애써 담담하게 일어나며 한마디씩 했다.

"뭐, 점수나 벌어오지."

바이샤들은 사냥을 나갈 경우 성과에 따라 어느 정도의

점수를 지급 받게 된다. 그렇다하더라도 여자를 끼고 술이나 마실 수 있는 성안 생활보다는 나쁠 수밖에 없었다.

만세를 부르고 있는 사람 중에는 영섭도 있었다. 방금 전 여자에게 예약을 잡은 동양인 남자였다. 그는 자신의 앞에서 같이 술을 마시던 다른 동양 남자에게 말했다.

"잘 갔다 오라고. 야스다."

"하아, 쯧. 네가 가면 저 누님한테는 가려고 했는데 말이야."

"아니지~ 내가 사냥을 갔어도 너한테는 안준다."

영섭은 낄낄거리며 일어나 밖으로 나가는 야스다를 쳐다봤다.

사냥대 선발이 끝이 나고 술집은 다시 활기를 띄었다. 파트너가 사라진 영섭은 점수로 값을 치루고 밖으로 나와 걷기 시작했다.

밖으로 나오자 청소를 하고 있는 남자, 저기 멀리서 추행을 당하고 있는 여자. 그리고 주먹밥 하나를 허겁지겁 먹고 있는 남자 등 거지 꼴을 한 사람들이 보였다.

이들은 전부 수드라다.

아까 주점에 있는 여자는 그래도 미인이라고 꽤나 괜찮은 일을 준 것이었다. 미인이 길바닥에서 변태의 손에 죽는 건 아깝기 때문이다. 그렇게 미인들은 나름 괜찮은 일을 구할 수 있었다.

하지만 어중간한 여자들이나 남자들은 완전 개처럼 사육을 당하기 마련이었다. 한때는 초인이며, 미궁에서 많은 사람들의 시체를 밟고 여기까지 온 사람들이라고는 생각하지 못할 정도로 수드라들 중에는 자아를 잃어버린 사람들이 많았다.

"뭐, 확실히 데몬즈는 쩔어."

영섭은 자랑스럽게 완장을 쳐다보고는 미소를 지었다. 미궁에서 이런 편하고 안락한 생활을 할 수 있을지 누가 알았겠는가. 그 뒤 영섭은 광장으로 나가 십자가에 매달린 시체들을 보았다.

그 시체는 반란을 일으켜 바이샤를 죽인 수드라의 시체였다. 수드라도 퍼스트 마스터. 바이샤를 죽이는 것은 불가능한 일이 아니었다.

그러나 그런 일은 자주 일어나지 않았다.

시체는 정상적인 모습이 아니었다. 어떤 고문을 당했는지는 모르지만 편하게 죽은 것만은 아니라고 확신할 수 있었다.

바로 저 공포정책 때문에 수드라들은 숨죽여 살아야했다. 자살을 하는 이들도 있었지만 그러면 그냥 다른 수드라를 채워 넣을 뿐이었다.

한니발. 데몬즈의 대장은 천재다.

영섭은 그렇게 생각하며 본인의 숙소로 향했다.

그 시각, 아르민은 사냥 준비를 하고 있었다. 키가 190은 넘는 아르민은 거울 앞에서 붉은 머리에 무스를 발라 올린 뒤 손을 닦았다.

그 옆으로는 안경을 쓴 미국인 남자가 소파에 앉아있었다. 깔끔하게 자른 머리와 지적인 안경. 할리우드 스타처럼 몸이나 얼굴이나 조각 같은 남자였다.

"열쇠 좀 찾아오라고. 언제까지 스윈던에 있을 거야?"

"대장도 못 찾았잖아."

아르민은 피식 웃으며 대꾸를 했다.

영화배우처럼 생긴 남자의 이름은 한니발. 한니발은 데몬즈의 대장이었다. 그리고 그가 바로 지금 이 계급체계를 스윈던에 정착시킨 남자였다.

한니발은 사람을 다룰 줄 알았다.

한니발은 성을 발견하고 빼앗은 그 순간부터 계급제도를 해야겠다고 생각했다. 그 전까지 데몬즈는 21명을 유지하면서 결속력을 최대화시킨 단순한 길드에 지나지 않았다.

성을 차지한 뒤 한니발은 성으로 들어오는 사람들을 굴복시켰다. 처음에는 노예 계급인 수드라를 만들어 데몬즈 길드원들의 결속력을 더욱 더 강화시켰다.

그렇게 노예 계급 수드라가 많아지자 한니발은 수드라들 중 가장 충성을 바치고 일을 잘했던 이들을 뽑아 바이샤로 등급을 올려주었다.

그럼 바이샤로 올라온 이들은 수드라에게 잘해주었을까?

아니다. 바이샤로 올라온 이들은 오히려 기존의 데몬즈 길드원들보다 더욱 더 수드라를 괴롭혔다. 마치 지금까지 자신들이 당했던 것을 복수하듯이 말이다.

인간은 소속감을 좋아한다.

과거 지구에서 심리학을 전공하고 정신과 의사로 일했던 한니발은 그 사실을 아주 잘 알고 있었다.

절대적인 노예가 있다는 것. 그것은 생판 모르는 남들을 하나로 모으기에 충분한 요소였다.

이는 과거 히틀러가 유대인에게 했던 행동과 비슷하다. 유대인을 가장 저급한 민족으로 만들고, 이들을 학살하면서 독일인은 잃어버렸던 우월감을 되찾고 하나로 뭉쳤다.

히틀러는 실패했지만 방법만큼은 본받을 만했다고 한니발은 생각했다. 그리고 그는 이 미궁에서 그것을 아주 잘 사용하고 있었다.

"잘 다녀오라고."

한니발은 읽고 있던 책을 닫으며 말했다. 아르민은 주먹을 쥐고 엄지손가락과 새끼손가락만을 들어 올리며 말했다.

"레즈 라쿰."

한니발은 피식 웃으며 그것을 따라했다.

"레즈 라쿰."

❖

영섭은 보초를 서기 위해 제복을 입었다. 바이샤가 입는 제복에는 등 번호가 없었고, 데몬즈의 상징이라고 할 수 있는 악마가 등 뒤에 그려져 있을 뿐이었다. 붉은 색 바탕에 검은색이 세련되게 가미된 제복.

그 제복을 입고 보초를 서는 것이 바이샤가 할 일이었다.

영섭은 무기까지 챙겨 곧장 성벽으로 향했다. 며칠 전부터 강 너머에서 대기하고 있는 워커들이 있었다. 별 일은 아니었지만 규율을 중시하는 신 대장은 모든 바이샤들에게 경계를 늦추지 말라 명령을 내렸다.

"아, 씨. 새벽반이네."

영섭은 투덜거리며 보초를 서러 걸어갔다.

"보초를 서러 가나?"

"아, 신 대장님."

영섭은 차렷 자세로 말했다. 신은 역시 새끼손가락만 들어 올리며 말했다.

"레즈 라쿰."

영섭은 그의 행동을 따라하며 신의 목소리보다 훨씬 크게 말했다.

"레즈 라쿰!"

신이라는 남자는 중국인이었다. 마치 무협지에 나오는 주인공처럼 머리가 길고 듬직한 몸을 가진 무인이었다. 원래 중국에서부터 무술을 했던 사람이라 처음 미궁에 떨어져서도 잘 살아남을 수 있었다.

"빨리 가서 교대해라. 미련한 놈이 졸고 있더군."

"네! 알겠습니다."

영섭은 고목나무처럼 굳은 자세로 외쳤다. 신은 고개를 끄덕이고 걸음을 옮겼다. 영섭은 신이 자신의 옆을 지나침과 동시에 안도의 한숨을 내쉬었다. 신은 한니발이나 아르민에 비해 룰에 깐깐하기 때문에 살짝 잘못하면 크게 혼나기 일쑤였다.

영섭은 성벽으로 올라가 각 잡고 서있는 바이샤의 등을 툭 쳤다. 그러자 바이샤는 화들짝 놀라며 고개를 돌렸다.

"아, 씨. 너냐?"

"상황은 어떠냐?"

"몰라, 세 놈이나 더 늘었어."

영섭은 그 말에 저 멀리 타오르고 있는 모닥불을 살폈다. 대충 보니 텐트도 늘어났고, 앉아서 대화를 하고 있는 사람만 4명이었다.

"에이 씨. 신 대장님은 뭐라셔?"

"더욱 더 경계를 늦추지 마라. 라고 하지 뭐."

"쯧, 일만 늘어나네."

영섭은 투덜거리며 고개를 절래 흔들었다.

NEO MODERN FANTASY STORY & ADVANTURE

네이즈
헌터

6

Maze Hunter

6

혼과 레야의 일행은 아직 강 건너편에 있었다. 각자 자기소개를 마친 여섯 사람은 동그랗게 모여 앉아 앞으로 어떻게 할지 의논을 하고 있었다.

레야는 한 번 들어갔다 온 사람답게 성 내부의 사정을 잘 알고 있었다. 카스트 제도부터 그곳에서 수드라라 불리는 인간들이 얼마나 차별대우를 받는 지까지 전부 혼과 천화, 그리고 다테에게 말해주었다.

"나쁜 놈들."

천화가 이를 악물고 말했다. 차라리 죽이면 죽였지 사람을 가지고 논다니. 천화의 입장에서는 아마 용서할 수 없는 인간들일 것이다.

하지만 혼은 덤덤하게 들었다.

"합리적이군."

레야는 그런 혼을 노려봤다. 혼은 어깨를 으쓱하더니 말했다.

"솔직히 말해 사람을 죽인다고 뭐가 좋지? 트라이 마스터가 지금까지 얻은 점수가 4만점이라고 치자. 거기에 3%는 고작 1200점이야. 인간은 효율이 안 좋은 사냥감이라는 거지. 차라리 그렇게 길드원들에게 베푸는 쪽이 더 합리적이라고 볼 수 있지."

"그래서? 데몬즈가 하는 짓에 찬성한다는 거냐?"

레야가 눈에 힘을 주며 말했다.

혼은 고개를 절래 흔들었다.

"찬성을 하든 하지 않든 상관없지. 문제는 데몬즈의 대장은 그 합리적인 방법으로 무슨 수를 써도 회유할 수 없는 20명의 길드원과 그에 준하는 바이샤들. 그리고 노예가 되어버린 수드라를 가지고 있다는 거야. 그건 우리가 죽었다 깨어나도 이길 수 없는 숫자지."

레야는 이를 악 물었다. 현실적이었고, 또 맞는 말이었다. 그렇지만 그것이 맞는 말이기에 더욱 더 화가 치밀어 올랐다.

"그래서 어쩌자는 거지?"

"잠입한다."

혼은 성을 가리켰다.

"저기, 갈라진 벽이 보이지? 저기가 출구다. 먼저 내가 성으로 잠입해 보초들의 동선과 가장 사람이 없는 시간, 출구의 상태까지 전부 알아낸다. 그리고 돌아와 너희들을 데리고 출구를 통과하는 거지. 성공하면 출구를 지키고 있는 인원과 최소한의 보초들만 죽이고 이 안전지대를 빠져나갈 수 있어."

"혼씨가 위험하잖아요."

천화가 걱정스럽게 쳐다보며 말했다.

"그래, 맞아. 그 방법은 네가 너무 위험해."

다테도 혼의 의견에 부정적인 반응을 보였다. 잠입이라는 것이 말이 쉽지 저 성에 몇 명이 있는 줄 알고 잠입한다는 것인가. 게다가 들키면 죽던가, 혹은 수드라가 되는 것이었다. 혼의 성격을 보아 잡히면 자살할 가능성이 높지만.

"위험하지 않아."

혼은 자신감 있는 목소리로 말했다.

"내가 잠입하지 못하는 곳은 없어. 인간이 사는 곳이라면 말이지."

혼이 미소와 함께 천화의 머리를 쓰다듬었다.

뭐 사실은 사실이다. 인간이 살 수 있는 곳이라면 어디든 잠입을 할 수 있었다. 단순한 정보수지이라면 잠입 중에서도 꽤 쉬운 일에 속하는 것이었다.

"그래, 그래. 좋은 방법인 거 같아."

레야의 뒤에서 듣고 있던 그리스 계열의 여자가 고개를 끄덕이며 나왔다. 여자인 천화의 시선마저 가슴으로 갈 정도로 큰 가슴의 소유자였다.

그녀의 이름은 마르타 멘데스. 여자는 레야를 바라보며 동의를 구했다.

"저런 영웅 같은 분이 나서서 도와주겠다는데. 반대할 이유는 없겠지? 안 그래?"

"나도 찬성."

뒤에서 듣고만 있던 일본인, 오노 쇼헤이가 손을 들며 말했다. 두 사람은 회의에도 참석하지 않고 있다가 얌체처럼 등장한 것이었다. 다테가 오노를 보더니 한숨을 쉬었다.

"한 사람한테 전부 떠넘길 수는 없어. 내가 같이 간다."

"네가 가면 잠입이 안 돼."

혼이 다테를 놀리듯 말했다. 다테는 끄응 신음소리를 내며 고개를 젖히더니 눈을 부릅뜨며 말했다.

"그럼 정면에서 내가 시선을 끌지."

"억지 부리지 마라. 그런 거 없어도 잠입은 가능해. 마음은 받아두지."

혼이 그렇게 말하자 다테는 어쩔 수 없다는 듯 눈을 감았다.

"이봐, 저 한국인이 그러겠다는데 왜 말려?"

오노가 답답하다는 듯 말했다. 그는 자신에게 어떤 작은 역할이라도 배정될까 전전긍긍하는 모습이었다.

다테는 한국인이라는 말에 오노를 노려봤다.

"아까 이름은 말해줬을 텐데."

혼은 그저 입을 다물고 가만히 성을 노려보고 있었다. 뭐 딱히 오노에게 할 말이 없었다. 어차피 혼의 머릿속에서 그는 버리는 말이나 다름이 없었으니.

오노는 다테가 노려보자 민망한 듯 머리를 긁적이며 말했다.

"그랬나? 뭐 어때."

"이 새끼가."

"그만. 상관없잖아. 나도 저놈 이름 기억 안 나는데."

혼이 어깨를 으쓱하며 말했다. 마르타는 오노가 말을 못하게 앞을 가로막으며 말했다.

"미안, 미안. 이 사람이 기억력이 좀 안 좋아."

"아, 쪽팔리게."

다테는 오노가 같은 일본인이라는 것이 마음에 들지 않았다. 최소한 고맙고 민망해서라도 아무 말 안하고 있어야 하는 것 아닌가.

레야는 그 순간에도 고민에 빠져있었다. 혼은 그런 레야에게 마지막으로 물었다.

"내 말대로 할 건가?"

"잠깐."

레야는 생각을 마친 듯 손을 들었다.

"나도 같이 간다. 그럼 그 작전으로 하지."

"너를 데리고 가면 잠입이 불가능하다."

혼은 다테에게 했던 말을 그대로 돌려주었다. 레야는 고개를 절레 흔들었다.

"아니야. 나를 데려가는 게 좋을 거야. 나는 성 안의 지형을 알아. 숨을 곳도 아주 잘 알지. 도움이 되면 되지 짐이 되지는 않을 거야."

"그게 문제가 아니다. 너를 데리고는 잠입이 불가능해. 숨바꼭질처럼 쉬운 게 아니다."

"아니, 그건 문제없을 거야."

레야는 벌떡 일어나더니 말했다.

"내가 어떻게 탈출했는지 알아?"

레야는 손가락을 튕겼다. 그러자 레야의 얼굴이 거짓말처럼 사라졌다. 다른 다섯 명은 살짝 놀란 얼굴로 옷만 남은 레야의 모습을 쳐다봤다.

"내 능력은 투명화야."

레야의 목소리가 허공에서 울렸다. 레야는 뒤이어 옷을 하나씩 벗었다. 그러자 정말로 모습이 사라졌다.

"어때? 내가 더 잠입을 잘할 거 같지 않아?"

혼은 잠시 고민에 빠졌다.

투명화라는 능력은 잠입에 아주 좋은 능력이었다. 그건 부정할 수 없다. 허나 잠입의 달인인 혼은 투명화 능력만으로는 부족하다는 것도 잘 알고 있었다.

먼저 발.

현재 레야가 서 있는 곳의 풀은 인간의 발 모양으로 눌려있었다. 투명화가 된다고 해서 무게가 사라지는 것은 아니기 때문이다.

그리고 소리.

투명화를 해도 걸어 다니거나 움직일 때 소리가 나기 마련이다. 아니, 가만히 서 있기만 해도 예민한 사람은 숨소리를 포착할 수 있다.

그럼에도 투명화는 매력적인 기술이었다. 혼은 투명화라는 보험에 정보까지 더한다면 레야를 데려가는 것이 이득이라는 결론을 내렸다.

"그럼 한 가지 약속해라."

"뭐를?"

"내 명령에 따를 것을. 아니라면 그 자리에서 죽이겠다."

혼은 진심이었다. 적진에 들어갈 때는 그 누구보다 믿음직스러운 아군이 필요했다. 아니라면 아무도 데리고 가지 않는 편이 나았다.

레야는 혼의 시선을 보고 흠칫 놀라 뒷걸음질쳤다.

'거짓말이 아니다.'

이 혼이라는 남자는 진짜로 자신이 명령을 따르지 않으면 자신을 죽일 생각이었다. 레야는 혼에게 보이지는 않겠지만, 고개를 끄덕였다.

"알았다."

"그럼 이동하지."

"저, 그럼 배를……."

천화가 말하자 혼이 성을 가리켰다.

"잠입한다고 광고하게?"

혼은 그렇게 말한 뒤 다테에게로 시선을 옮겼다.

"천화 잘 지켜라."

"말 안 해도 그럴 생각이다. 조심해라."

혼은 고개를 끄덕거리고는 투명상태인 레야에게 말했다.

"가기 전에 물어볼 것이 있다. 따라와라."

그렇게 혼은 레야와 함께 강 바로 앞까지 걸어갔다.

두 사람은 강을 헤엄쳐 건넜다. 꽤 폭이 넓었고, 밤이라 앞을 제대로 볼 수 없었지만 신체각성을 한 초인들답게 별 문제 없이 강을 건넜다.

강을 건너자 혼은 몸에 묻은 물을 깨끗이 닦았다. 그리고는 천천히, 배경과 동화되어 걸었다.

성벽 위에는 횃불이 밝게 켜져 있었다. 허나 혼은 신경 쓰지 않고 잠입을 이행했다.

밝은 곳에 있다가 어두운 곳으로 가면 눈이 어둠에 익숙하지 못해 아무것도 볼 수 없는 상태가 된다. 그와 같은 원리로 횃불 바로 옆에 있는 바이샤들은 어둠을 제대로 보지 못한다.

현대식 조명등과 같이 사방이 다 보이는 밝기라면 잠입도 힘들겠지만 횃불 정도를 상대로로는 쉬운 일이었다.

더군다나 성벽의 바로 아래는 사각지대나 다름이 없었다. 그 누구도 고개를 빼내어 성벽 아래를 살피지는 않기 때문이었다. 혼은 그렇게 쉽게 성벽까지 다가갈 수 있었다.

한참을 성벽에 서서 바이샤들의 움직임을 보던 혼은 그들이 실제로 경비를 서고 있는 것은 아니라는 것을 깨달았다. 고작 6명이 경비를 서고 있었고, 대부분이 잡담이나 나누고 있을 뿐, 경계를 하고 있는 것은 아니다.

바이샤들의 위치를 전부 파악한 혼은 창고를 불러내어 단검을 꺼냈다. 벽을 꽤나 견고하게 짓기는 했지만 역시 돌을 쌓아 만든 것이라 틈은 나 있었다.

혼은 단검을 벽에 댄 뒤 밀어 넣듯 힘으로 돌 벽 사이에 박았다. 그렇게 3개를 박은 혼은 바로 앞에 있을 레야에게 말했다.

"따라 올라와라."

혼은 그렇게 단검을 밟으며 성벽을 기어오르기 시작했다.

혼이 올라간 곳은 홀로 하품을 하며 먼 산을 쳐다보고 있는 바이샤의 앞이었다. 혼은 조용하게 남자를 불렀다.

"이봐?"

"어?"

남자는 얼빠진 소리를 내며 아래를 쳐다봤다. 그와 동시에 혼은 순식간에 올라가 남자의 목을 그은 뒤 조용히 앉혔다. 혼은 남자의 시체를 들고 오른쪽에 보이는 벽탑으로 들어갔다.

문이 쿵 닫히는 소리에 잡담이나 하던 바이샤들이 고개를 돌렸지만 워낙 땡땡이가 치는 바이샤들이 많았고, 바람을 피하기 위해 벽탑으로 들어가는 경우도 많아 그들 모두 대수롭지 않게 생각했다.

"일단은 계획대로군."

혼은 죽은 바이샤가 입고 있는 옷을 벗겨 갈아입었다.

"금방 들킬 텐데."

레야가 걱정스럽게 말했다. 이 남자가 들켜 죽기라도
한다면 혼자서는 할 수 있는 것이 없는 레야도 어쩔 수 없
이 다시 성에서 빠져나가야 하는 것이다.

"다 생각이 있다."

혼은 옷을 다 갈아입은 뒤 벽탑 계단 뒤에 시체를 숨겼
다.

"엄청나게 잘 숨겼군."

레야의 비아냥거림에 혼은 반응하지 않고 모자를 꺼내
어 얼굴을 가린 뒤 벽탑 벽에 기대었다.

"뭐하는 거지?"

"잔다. 정확히는 자는 척이다."

혼은 그렇게 말한 뒤 그대로 누워 있었다. 그 광경을 보
고 레야는 어이가 없어 헛웃음을 내뱉었다.

그렇게 몇 시간 뒤, 한 남자가 벽탑의 문을 열고 들어와
혼을 보더니 피식 웃었다.

"이봐, 뭐해? 교대시간이야."

혼은 잠시 대답을 하지 않았다. 남자는 슬쩍 발로 혼의
옆구리를 찼다.

"일어나라고. 신 대장님이 안온 걸 다행으로 알아라."

"벌써 그렇게 됐나?"

혼은 모자를 벗지 않고 말했다. 그 목소리를 들은 레야
는 화들짝 놀랄 수밖에 없었다. 고적 '어?' 라는 단어만을

말한 바이샤의 목소리를 혼이 그대로 따라하고 있는 것이었다. 덕분에 혼을 깨우러왔던 바이샤는 의심하나 하지 않고 말했다.

"그래 인마. 이미 다른 놈들이 섰으니까 잠 깨고 내려오라고. 난 좀 자러 가야겠다."

혼은 고개를 끄덕이고 남자가 나가는 타이밍에 맞추어 모자를 썼다. 그리고는 원래의 목소리로 말했다.

"가지."

혼은 자연스럽게 문을 열고 밖으로 나가 성벽 아래로 내려갔다.

스윈던.

혼은 빠르게 눈을 굴려 아까 자신을 깨운 바이샤가 들어가는 곳을 보았다. 바이샤들의 숙소는 마치 아파트와 같았다. 3층짜리 건물로 각 층에 방이 8개씩 있는 곳이었다. 만약에 저 방이 가득 사람이 차 있다면 바이샤의 숫자는 24명이 되는 것이다.

혼은 숙소로 들어가는 척을 하다가 다른 곳으로 향했다. 이 죽은 남자의 방이 어딘지만 안다면 시간을 죽이는 것은 쉬운 일이었지만 1/24의 확률에 도박을 걸 수는 없었다. 바이샤가 자신의 방을 찾지 못하고 헤매는 모습은 부자연스러울 것이다. 시선을 받는 것은 잠입에 있어 최악의 경우였다.

"레야, 여기 바이샤들이 많이 모이는 주점이 있다고 했지? 어디지?"

혼이 묻자 레야는 속삭이듯 그의 귀에 대고 말했다.

"일단 광장으로."

혼은 고개를 끄덕이고 광장으로 향했다. 광장이라고 해봤자 사람은 없었다. 단지 언제 죽었는지도 모를 수드라의 시체 두구가 십자가에 매달려 있을 뿐. 혼은 시체에는 눈길도 주지 않고 다시 물었다.

"여기서?"

"에스코르트 스트릿으로."

혼은 6갈래 길 중 Escort라고 적힌 팻말로 향했다. 그곳으로 가자 주점에서 아침밥을 먹고 있는 바이샤들이 보였다.

"구석에서 대기."

혼은 레야에게 말하고 유령처럼 들어가 구석에 앉았다.

친구가 기척 없이 옆으로 와 깜짝 놀라는 경우가 종종 있을 것이다. 사람들은 소리와 냄새, 그리고 자신의 시야 안에 있는 것을 본능적으로 인지한다. 실제로 사람들의 시선을 앞에서 받을 경우 뇌의 어떤 특수한 세포가 작용을 일으켜 시선을 알아차리게 한다는 과학적 결과도 있었다.

그러나 이것은 바꿔 말하면 어떠한 정보도 없을 경우 사람들은 누가 근처에 있는지 인식할 수 없다는 뜻도 되었다.

사람들의 시야에서 벗어난 각도, 집중해서 들을 수 있는 한도인 10 데시벨보다 낮은 소리. 그리고 절대적으로 익숙한 냄새.

혼은 이 세 가지의 정보를 전부 차단하는 것으로 자신의 존재를 최소화시켰다.

혼은 신문을 펼치고 앉아 다른 사람들을 관찰했다. 그렇게 조금 기다리자 한 남자가 소란을 떨며 들어왔다.

"아, 힘들다. 힘들어."

동양인 남자. 생김새나 분위기로 보아 한국인. 키가 180은 넘어 혼과 비슷했고 무난하게 생겨 눈에 띄는 스타일은 아닌 남자.

바로 영섭이었다.

혼은 영섭을 슬쩍 보고는 다시 신문으로 시선을 옮겼다. 그때 웨이트리스가 오더니 조심스럽게 물었다.

"죄송합니다. 들어 오신지를 몰라서. 뭘 드시겠습니까?"

혼은 웨이트리스를 슬쩍 올려보더니 다른 사람들이 먹고 있는 메뉴를 살폈다.

"맥주에 베이컨 샌드위치."

"알겠습니다."

웨이트리스는 고개를 숙이고 멀어졌다. 완전히 기척을 숨긴다 하더라도 들어오는 손님 하나 하나에 신경을 써야 하는 웨이트리스의 눈을 피해갈 수는 없었다. 웨이트리스는 혼을 흘끗흘끗 보며 영섭에게로 향했다.

"안녕하십니까. 뭘 드시겠습니까?"

"어~. 오늘 밤 알지?"

영섭은 화색이 되어 말했다. 웨이트리스는 입을 꼭 다물고 고개를 끄덕였다. 영섭은 그런 웨이트리스의 엉덩이에 손을 올려 쓰다듬었다. 여자는 그저 묵묵히 주문을 받을 뿐. 혼은 그런 여자와 영섭을 유심히 쳐다보았다.

뒤이어 음식이 나왔다.

"음식 나왔습니다. 맛있게 드세요."

"오늘 언제 일이 끝나지?"

"네?"

"언제 일이 끝나지?"

혼의 질문에 웨이트리스는 당황해하며 말했다.

"죄송합니다. 오늘은 선약이 있어서……."

"퇴근시간을 물었을 뿐이다."

"보통 9시입니다."

웨이트리스는 쭈뼛거리며 말했다. 혼은 고개를 끄덕인 뒤 차갑게 말했다.

"가봐."

그 뒤, 혼은 음식을 빠르게 처리한 뒤 자리에서 일어났다. 더 이상 있다가는 웨이트리스를 신경 쓰는 남자들 때문에 혼의 존재가 들킬 수 있었다.

밖으로 나온 혼은 배경과 동화되듯 바깥 테이블에 앉아 신문을 펼쳤다. 그의 관심사는 영섭이었다. 영섭은 바이샤들과 떠들고 있었는데 그 내용이 대부분 허세나 다름이 없었다.

미궁에서의 허세는 현실세계와 좀 다르다.

2:1로 맞짱을 떠서 이겼다가 현실의 허세라면 사람을 어떻게 죽였는가, 또 어떤 괴수를 어떻게 잡았는가가 허세의 기준이 된다.

또한 남자들의 대화에는 여자가 빠지지 않았다. 어떤 여자를 만나 어떻게 가지고 놀았고, 또 어떻게 죽였는지. 이런 현실에서는 사이코들이나 하는 대화를 미궁의 남자들은 아무렇지 않게 하고 있었다.

영섭은 그런 허세가 가득한 남자들과 다를 것이 없었다.

혼은 그렇게 영섭의 대화와 행동을 유심하게 살피다가 신문을 접고 일어났다. 그리고는 마치 투명상태인 레야가 보인다는 듯 그녀가 서 있는 곳으로 가 작게 말했다.

"다 됐다. 숨을 곳이 있나?"

"뭐야? 여기 있는 건 어떻게?"

"묻는 말에만 답해라."

레야는 잠시 생각하다가 입을 열었다.

"수드라들이 생활하는 곳이 있어. 그곳은 지금 아무도 없을 거야."

애초에 수드라들은 일이 많아 쉽게 자러 갈 수 없었다, 거기에 숫자도 20명 전후. 도시를 정리하고, 화장실의 오물들을 처리하며, 여자들은 성노예가 되어 지금 이 시간에도 침대 위에 있을 것이다.

레야는 수드라로 있었던 경험 때문에 그 사실을 아주 잘 알고 있었다. 숙소라고 해봤자 돌 위에 담요하나 준 정도의 시설이었지만 그 마저도 사용하지 못한다는 그 사실을.

혼은 수긍을 하고 수드라들이 쉬는 곳으로 향했다.

수드라들이 쉬는 곳은 집도 아니었다. 나무로 대충 지붕과 벽을 쌓고 그 아래에 돌로 침대를 만들어놓았을 뿐이었다. 수드라가 사는 지역에 오는 바이샤나 데몬즈의 길드원들은 전혀 없었으니 혼은 쉽게 수드라들의 집으로 들어갈 수 있었다.

돌 위에 앉은 혼은 돌침대들을 보며 입을 열었다.

"힘겹게 사는군."

"자살한 애들도 많아."

레냐는 혼의 옆에 앉았다. 혼은 바로 점수상점을 열더니 뭔가를 구입했다. 검은 색의 털이 달린 물건. 레야는 그 물건의 정체를 알면서도 물을 수밖에 없었다.

"그게 뭐야?"

"가발."

혼은 간단하게 대답한 뒤 가위를 들었다.

❖

그 시각. 신은 바이샤 중 한 사람의 보고를 받고 빠르게 벽탑으로 걸어가고 있었다. 벽탑에 도착한 신은 벽탑 위로 올라가는 계단 밑에 있는 시체를 발견하고는 한숨을 내쉬었다.

"멍청한 녀석들."

그렇게 경계하라고 말했는데 평소처럼 잡담이나 하고 졸고 있었던 모양이다. 성이라는 강력한 방어막이 있음에도 외부의 침입을 허용한 것은 어떻게 봐도 수비의 실책이다.

"침입자가 있음을 알리고 수색하도록 해라."

신의 말에 바이샤들이 대답했다.

"네. 알겠습니다!"

신이 나가고 바이샤들은 일제히 한숨을 쉬었다. 이대로
라면 모든 책임이 바이샤들에게로 돌아갈 것이다.

"어이, 바이샤들. 모여라."

번호 5번을 등에 단 남자가 나타났다. 길드내에서 그의
이명은 미친개였다. 성격이 더럽고 원래부터 군대에 있었
던 사람답게 서열에 민감한 사람이었다. 바이샤들은 서열
상 전부 넘버를 달고 있는 크샤트리아의 밑이었기 때문에
미친개는 거침없이 바이샤들을 물어뜯었다.

미국 출신의 미친개는 넘버가 달린 데몬즈 제복에 선글
라스를 쓰고 모여 있는 바이샤들에게 외쳤다.

"씨발, 그러라고 밥 먹여주고 그러는 줄 알아? 그래서
스원던 물려받겠어? 어?"

선발된 바이샤는 11명. 미친개는 꼿꼿이 서 있는 바이
샤들을 하나, 하나 걸어가며 훑었다.

"너희들이 경비를 개떡같이 서는 바람에 일이 더 생긴
거야. 알겠어?"

그 중에는 어젯밤 경비를 섰던 영섭도 끼어있었다. 영
섭은 아랫입술을 깨물고 하늘을 쳐다봤다. 지금 머릿속에
는 예약해놓은 잠자리만이 들어있을 뿐이었다. 이대로 가
다가는 오늘 밤은 물론이고, 내일, 혹은 내일 모래까지 자
지 못하고 침입자를 잡아야 할 수도 있었다.

'아 씨발. 진짜 개빡도네.'

영섭은 속으로 그렇게 생각하며 울분을 삼켰다.

미친개는 한동안 바이샤들을 갈구더니 말했다.

"다 샅샅이 뒤져라. 알겠냐? 빨리 뛰어."

"넵!"

바이샤들은 미친개의 말이 끝나기가 무섭게 각자 다른 방향으로 뛰어갔다. 실수는 다 같이 했지만 침입자를 잡는 공적은 단 한 사람만이 받는 것이었다. 이는 곧 간부들, 그리고 크샤트리아 계급의 데몬즈 길드원들에게 점수를 딸 수 있다는 것이다.

지금 따놓은 점수를 따놓으면 데몬즈가 스윈턴을 떠날 때 간부로 선택받을 가능성이 높아지는 것이었다.

바이샤들은 미친 듯이 성벽 근처를 살폈다. 어차피 멀리 가지는 못했을 것이다. 워낙 숫자가 적은 탓에 바이샤들은 서로를 잘 알고 있었다. 만약 외부인이 침입해 돌아다녔다면 그가 제복을 입었다 하더라도 목소리나 행동거지를 통해 알아냈을 것이다.

즉 침입자가 누가됐던 멀리 가지는 못했을 것이다. 병사들은 성벽 근처에 있는 건물들을 이 잡듯이 뒤졌다.

하지만 침입자는 물론 흔하던 쥐새끼 한 마리도 보이지 않았다. 시간이 지나 8시. 영섭은 불안해지기 시작했다.

"후, 어떻게 빠져나가지?"

영섭은 미친개를 살폈다. 미친개는 눈을 부라리며 망을 보고 있었다. 이대로라면 이번 예약은 물 건너간 것이나 다름이 없었다.

"어이, 미친개."

그때 저 멀리서 다른 크샤트리아가 다가왔다. 이탈리아계의 키가 작은 남자. 그의 번호는 9번. 통칭 사업가라고 불리는 바이샤들에게 주는 점수를 관리하는 자였다.

"밥 먹으라고. 너 저녁 안 먹었잖아."

"신 대장의 명령이다. 감시해야 한다."

"에이, 그래서 내가 왔잖아."

사업가는 이쑤시개를 퉤 뱉으며 미친개의 어깨에 손을 올렸다.

"갔다 오라고. 빨리 먹고 와. 나도 다른 거 하게. 맞아, 넌 명령이 있어야 움직이지? 신 대장님이 밥 먹고 다시 하란다."

미친개는 사업가를 슬쩍 보더니 고개를 끄덕였다. 신은 미친개의 직속상관이라고도 할 수 있었다. 미친개는 그제야 고개를 끄덕였다.

"그렇다면 그러지."

사업가는 각을 잡고 걸어가는 미친개의 뒤에서 휘파람을 불었다.

영섭은 그제야 속으로 쾌재를 불렀다. 저 인간이 사업가인 이유는 협상능력을 토대로 점수를 아주 잘 늘리기 때문이다.

어떻게 점수를 불리냐고? 바로 뇌물을 통해서였다.

"저, 사업가님."

"어?"

영섭이 최대한 낮은 포즈로 사업가에게 다가가 말했다.

"제가 사실 그 저기 주점에 웨이트리스 오늘 예약을 잡았었거든요."

"아, 그 인기녀. 야, 용케도 잡았네."

"매일 물어봤죠. 매일. 아침에 가서. 그런데 이게 좀 일이 오래 걸릴 거 같아서."

"그렇지. 원래라면 절대 못 빠져나가지. 미친개가 있었다면."

"제가 이번 달에 받은 점수가 이 정도인데."

영섭은 300점짜리 구슬을 슬쩍 사업가에게 내밀었다. 사업가는 주변을 슬쩍 살펴보더니 미소와 함께 말했다.

"왜 이러나 친구. 가서 일하게."

"아, 아닙니다. 제가 잘못 계산했네요."

영섭은 눈을 질끈 감았다. 현재 수중에 있는 점수는 600점이었다. 그 중 300은 맥주 값과 음식 값으로 남기고 300점을 뇌물로 넘기려고 했던 것이다.

'아씨, 맥주는 버리자.'

영섭은 100점을 더해 400점을 사업가에게 건넸다.

"어떻게 부탁 좀 드리겠습니다."

사업가는 그제야 만족한 듯 점수 구슬을 빠르게 집은 뒤 사용을 눌렀다. 그리고는 영섭의 등을 토닥토닥 치며 말했다.

"연기 좀 맞춰봐."

"알겠습니다."

사업가는 주변을 좀 보더니 크게 말했다.

"너는 저기 창녀촌이나 가서 조사해라."

"창녀촌 말씀이십니까?"

"그래, 인마. 여기 11명이 다 붙어 있을 필요 있어?"

사업가는 신경질을 부리며 말했다.

"빨리, 빨리 움직이라고!"

영섭은 고개를 조아리고 창녀촌을 향해 달렸다. 사업가는 그런 그에게 나지막하게 말했다.

"수고하라고."

영섭은 그렇게 달려 창녀촌의 한 건물로 들어갔다. 거기에 들어가자 21번 등번호를 달고 있는 한 남자 위에 여자 하나가 앉아있는 모습이 보였다.

여자는 20번. 둘 다 크샤트리아 계급의 데몬즈 길드원이었다. 영섭은 숨을 고르고 환한 미소와 함께 말했다.

"저, 예약 했는데."

"아, 예쁜이? 저기, 2층 끝 방 가 있어."

"예, 감사합니다."

영섭은 한껏 상기된 얼굴로 계단을 올라갔다.

2층 끝 방에는 아직 아무도 와 있지 않았다. 영섭은 침대를 꾹꾹 눌러본 뒤 편한 자세로 누웠다. 그렇게 잠시 기다리자 방문을 열고 기다리던 여자가 들어왔다.

"오, 왔어?"

영섭은 낄낄거리며 침대에 걸터앉았다. 여자는 무표정하게 옷을 벗더니 자연스럽게 샤워룸으로 향했다.

수드라가 되고 난 뒤에 항상 겪는 일이었다. 그래도 다른 노동을 하는 수드라나, 창녀로 완전히 빠진 여자들에 비하면 나은 대우일 것이다. 미녀는 어디를 가나 대우를 받는 미궁에서 여자는 자신이 미인이라 다행이라는 생각을 매일 같이 해왔다.

여기 지옥 스윈던에서도.

"어디가?"

"아, 씻고 해야 하는 거······."

"에이, 시간도 없는데 뭘 씻어?"

영섭은 그대로 여자를 뒤에서 안았다. 여자는 화들짝 놀라며 고개를 돌렸다.

"그, 그래도 씻······."

여자는 창문으로 시선을 돌리는 순간 그대로 굳어버렸다. 수많은 남자를 이 방에서 상대한 그녀도 이런 경험은 처음이었다.

영섭과 똑같은 머리를 한 동양인 남자가 창문으로 들어오고 있었다.

❖

9시, 혼은 주점에서 나오는 웨이트리스를 발견하고 뒤를 밟았다. 침입자의 체포다 뭐다 해서 다른 바이샤들은 전부 성벽 근처에 붙어 있는 상황이었다. 덕분에 혼은 더 안심하고 미행을 할 수 있었다.

웨이트리스는 창녀촌으로 향하더니 한 건물 안으로 한숨을 쉬며 들어갔다. 혼은 여자가 들어가고 불이 켜지는 방을 확인했다.

'2층 오른쪽 끝 방.'

혼은 곧바로 준비한 가발을 착용했다. 그것은 영섭과 같은 머리 스타일을 가지기 위해 만든 것이었다. 혼은 가발을 쓰고 곧바로 창문으로 기어 올라갔다.

"에이, 시간도 없는데 뭘 씻어?"

"그, 그래도 씻……."

방 안에서는 영섭이 여자의 등을 안고 있었다. 여자는

난처한 얼굴로 대구를 하며 고개를 돌리다 혼과 눈을 마주쳤다. 혼은 무표정하게 손가락을 입으로 가져갔다. 여자는 침을 꿀꺽 삼킬 뿐, 작은 소리도 내지 않았다.

"헤헤, 그래. 샤워가 뭐가 필요해?"

영섭은 혼이 방에 들어왔음에도 아직 눈치를 채지 못하고 있었다. 하지만 아무리 여자에게 온 신경을 쏠려 있는 그라도 여자의 시선이 한곳에 계속 머물자 혼에게로 고개를 돌렸다.

"뭐야, 거기 뭐가……!"

그것은 혼이었다.

혼은 세버런스로 영섭의 목을 찔렀다. 영섭을 비명을 지르려 했지만 목소리가 나오지 않았다. 혼은 세버런스를 뽑아든 뒤 쓰러지는 영섭의 몸을 조심스럽게 받았다.

"쉿."

혼은 얼굴이 하얗게 질려버린 여자에게 말했다. 여자는 갑작스러운 상황에 적응하지 못하고 떨고 있을 뿐이었다. 혼은 영섭을 눕힌 뒤 빠르게 옷을 벗겼다. 그리고 자신이 입고 있던 제복과 바꿔치기를 했다.

제복을 바꾼 이유는 제복의 주인이 따로 존재할 수도 있기 때문이다. 이름표 같은 것이 붙어 있지는 않았으나 일렬 번호 같은 것이 존재할 수도 있었으니 말이다.

그리고는 영철의 눈가에 큰 상처를 내고 그 살을 통째로 잘라냈다.

마지막으로 신원을 제대로 파악할 수 없게 이빨을 뭉개버리고 얼굴을 난도질 한 뒤 여자에게 말했다.

"수드라지? 이름."

"아, 그러니까……."

"이름!"

"세, 세실입니다."

"좋아. 세실. 협력을 하거나, 지금 죽거나. 선택해라."

"협력할게요."

세실은 곧 바로 고개를 끄덕였다. 혼이 갑작스럽게 나타나 놀랐을 뿐 그녀도 미궁에서 수많은 죽음을 봐온 사람이었다. 지금 이 남자가 스윈턴에 잠입한 바로 그 소문의 사람이라는 것을 세실은 단번에 알 수 있었다.

수드라로서 차별만 받아온 세실이 혼을 도와주지 않을 리가 없었다.

"좋아. 그럼 내가 시키는 대로 해."

세실은 고개를 끄덕였다.

같은 시각, 아래에서는 21번 창녀관리자와 20번, 마담이 껴안고 서로 사랑을 나누고 있었다.

쿵! 쿵! 쿵!

"아나, 졸라 격렬하게 하는구만."

21번 관리자가 짜증난 목소리로 말했다. 하지만 그 뒤에 들린 비명소리에 두 사람은 벌떡 일어날 수밖에 없었다.

"으아아악! 씨발!"

비명소리는 방금 올라간 영섭의 것이었다. 관리자와 마담은 서로 시선을 맞추더니 누가 먼저라고 할 것 없이 위층으로 뛰어올라갔다.

위층, 영섭이 들어갔던 방을 벌컥 열자 붉은 피가 발 아래로 흘러들어왔다. 그 앞에는 침대위에서 담요를 덮고 벌벌 떨고 있는 여자가 있었고, 영섭은 침대 밑에서 얼굴을 부여잡고 데굴데굴 구르고 있었다.

"이게 무슨 일이야?!"

관리자는 버럭 소리쳤다. 방구석에는 얼굴이 난도질을 당한 남자가 쓰러져 있었다.

"치, 침입자. 침입자!"

영섭, 아니, 혼이라고 불러야 할까. 영섭의 목소리를 똑같이 내고 있는 혼이 외쳤다. 관리자는 침을 꿀꺽 삼켰다. 이 창녀촌은 자신에게 주어진 구역이었다. 여기서 일어나는 일들은 전부 관리자 자신의 책임. 남자는 급히 마담에게 말했다.

"야, 가서 미친개 데려와. 빨리!"

마담은 고개를 끄덕이고 밖으로 튀어나갔다. 그리고는

혈석을 혼에게 툭 던져주었다.

"뭐, 상처 난 거 같고 그래? 먹어."

혼은 바닥을 기어가 혈석을 집어먹었다. 그러나 상처를 오려서 얼굴에 붙였기 때문에 혈석의 효과는 나타나지 않았다.

"크윽."

"뭐야? 치료가 안 돼?"

관리자는 당황해서 혼의 얼굴을 살폈다. 상처와 피가 덕지덕지 얼굴에 붙어 제대로 된 몰골을 확인할 수가 없었다.

"에이 손 좀 치워봐."

관리자는 혼의 상처를 보더니 작게 탄성을 내질렀다. 치료가 느리게 되고 있다 같은 것이 아니라 그냥 안 되고 있었다. 상처를 붙인 것이라는 것을 모르는 관리자의 입장에서는 그것이 침입자의 능력이라고 밖에 생각할 수가 없었다.

"이야, 너 더럽게 재수 없다. 새끼."

관리자는 자리에서 일어나며 말했다.

"그거 평생 가지고 살아야겠다. 야."

그 뒤 미친개와 함께 바이샤들이 몰려왔다. 그 안에는 싱글벙글 웃고 있는 사업가도 있었다. 사업가는 들어오자마자 영섭, 아니 혼의 손을 잡으며 말했다.

"크, 역시 내 생각대로 침입자는 창녀촌에 있었어."

"그, 그렇습니다."

혼은 영섭의 목소리로 사업가의 말에 장단을 맞추었다. 사업가는 의기양양하게 미친개에게 말했다.

"봐봐, 넌 나를 의심했지만, 난 너를 위해 최선을 다했다고. 이렇게 침입자도 잡았잖아?"

"미안하다."

미친개는 콧방귀를 뀌며 사과 같지 않은 사과를 했다.

"뭐 알면 됐어."

두 사람은 영섭이 사라진 것으로 한창 말싸움을 하던 중이었다. 오늘따라 미친개가 더욱 더 물고 놓지를 않던 중이었다. 사업가는 창녀촌으로 보냈던 영섭이 침입자를 잡아 미친개에게서 겨우 벗어날 수 있었다.

"무슨 일이 있었지?"

미친개는 침대 위의 세실에게 말했다. 세실은 겁먹은 것처럼 바들바들 떨며 죽어있는 시체를 가리켰다.

"저, 저 사람이 갑자기 들어와서⋯⋯."

세실은 말을 잊지 못했다. 혼은 세실의 연기에 나름 만족했다. 굳이 여기서 침착하게 다 말하는 것보다는 정신이 없는 척 말을 하지 않는 편이 나았다.

사업가는 눈살을 찌푸리며 세실을 보다 관리자에게 물었다.

"그나저나 왜 치료를 안 하고 있어?"

"혈석이 안 들어."

관리자가 머리를 긁적이며 말하자 사업가가 호들갑을 떨며 말했다.

"뭐야, 그럼 저 침입자 놈도 군주기 같은 게 있나?"

"모르지. 어쨌든 일단 데리고 가자고."

"아이고, 이 새끼."

사업가가 혼에게 다가와 말했다.

"한 번 좋은 밤 보내려다가 좆 될 뻔했네. 그지?"

"괘, 괜찮습니다."

혼은 사업가의 부축을 받아 밖으로 나갔다. 그때 저 멀리서 긴 머리의 남자가 터벅터벅 걸어오다 혼을 쳐다봤다. 긴 머리의 남자를 본 사업가는 혼을 놓고 차렷 자세로 말했다.

"아, 신 대장님 오셨습니까."

"어디지?"

"이 끝 방입니다."

사업가는 사람 좋은 미소와 함께 양 손바닥으로 시체가 있는 방을 가리켰다. 신은 고개를 끄덕이고 방 안으로 들어갔다. 혼은 그런 그를 보며 머릿속으로 체크했다.

'간부군.'

방 안으로 들어간 신은 시체를 살폈다. 키가 큰 동양인. 주변의 바이샤들은 침입자가 잡혔다고 좋아하고 있었지만 신의 표정만은 어두웠다.

"얼굴에 상처가 많군."

"그거야 뭐. 싸우다가 그러지 않았을까 생각합니다."

미친개가 옆에서 차분하게 말했다. 주먹으로 으깨기도 했고, 검이 얕게 들어간 상처들도 많았다. 물론 깊숙하게 들어간 상처들도 있었지만 그 공격으로 바로 죽었을 지가 의문이었다.

신은 시체를 자세하게 살피더니 자리에서 일어났다.

"처리하라고 해라."

"네, 알겠습니다."

미친개는 엄지와 새끼손가락을 들며 데몬즈식 경례를 했다.

"레즈 라쿰."

❖

"아, 그나저나 혈석으로 다 치료를 해서 병원 같은 건 없는데 말이야."

바이샤들의 숙소 앞. 사업가는 영섭의 방 앞에서 멈추며 말했다. 혼은 곧바로 말했다.

"괜찮습니다. 뭐 꿰매버리죠."

"그럴래? 그리고 내가 너 빼준 건……."

"그런 일이 있었습니까?"

사업가는 손으로 혼의 등을 팡 치며 말했다.

"그래서 내가 동양인을 좋아한다고. 머리가 좋거든. 그럼 나는 내 일보러 가도 되는 거지? 어?"

"괜찮습니다."

사업가는 고맙다는 듯 혀를 튕기며 말했다.

"그럼 몸조리 잘하라고."

혼은 사업가가 떠나고 난 뒤 방 안으로 들어갔다. 사업가가 준 수건으로 피를 막고 있던 혼은 화장실로 들어가 상처를 떼어냈다. 그리고는 모자와 안대를 구입해 한 번 써보았다.

모자 하나로 얼굴이 전부 가려진다. 이 정도면 실수가 없는 한 절대로 들킬 일이 없었다. 의외로 사람들은 얼굴을 잘 보지 않기 때문이다. 특히 동성 간이라면 더욱 더.

처음부터 혼은 지금 이 상황을 만드는 것이 목적이었다. 궁극적으로 잠입이란 그 사회에 녹아드는 것을 뜻한다. 원래라면 신입이다 뭐다 하면서 신분을 위장해 잠입을 하는 것이 현대에서의 잠입이었지만 미궁에 와서는 미궁의 방식이 있었다.

미궁에서 어떻게든 녹아들려면 신분세탁이 아니라 인간을 세탁해야 했다. 그렇게 혼은 영섭이 된 것이다.

범인이 가장 안전해지는 시점이 언제인지 아는가? 그것은 수사가 끝났을 때다. 수사를 끝나게 하는 법은 범인이 잡히든가, 아니면 오랫동안 도망쳐 다녀 수사를 포기하게 만들거나, 둘 중 하나다. 혼은 시간이 많지 않았기 때문에 전자의 경우를 택한 것이었다.

범인은 잡혔다. 혼은 이제 영섭으로서 자유롭게 돌아다니면 되는 것이었다. 비록 상처가 낫지 않는 것 때문에 사람들이 의아하게 볼 가능성이 있었으나 워낙 별의 별 일이 다 일어나는 미궁에서 그 정도가 대수일까.

"처음부터 이럴 생각이었나?"

옆에서 목소리가 들렸다. 허공에 담요가 둘러지더니 레야가 모습을 드러냈다.

"하루 종일 벗고 있었더니 좀 추워서 말이야. 힘들기도 하고."

"내가 뭐라고 했나? 상관없다. 여기는 비교적 안전하니."

혼은 변명을 하는 레야에게 말했다. 레야는 고개를 푹 숙인 채 생각에 빠졌다.

"저기, 근데 말이야. 개인행동을 해도 될까?"

레야가 묻자 혼은 시선을 주지도 않은 채 대답했다.

"안 된다."

"꼭 확인해야 하는 사람이 있어서 그래."

혼은 굳이 대답을 하지 않았다. 아마 안 된다는 것을 레야도 잘 알고 있을 것이다. 레야가 혼자 돌아다니다가 누군가와 부딪혀서, 혹은 어떤 상황에 의해서 들켰을 때 동시에 혼도 같이 위험해지기 때문이다.

위급한 상황에 닥친 이 여자가 살기 위해 혼의 정체를 안 까발린다는 보장은 그 어디에도 없었다.

하지만 그렇다고 이대로 레야의 말을 묵살할 수는 없었다. 레야가 이 성에 들어와야 하는 이유가 있다는 것을 혼은 이미 알고 있었다. 레야 또한 뭔가 해야만 하는 일이 있을 것이다. 그것을 묵살할 경우 레야가 반감을 가지고 이상한 행동을 할 수 있었다.

"같이 다니면서 네가 알아봐야 하는 것도 같이 알아봐 줄 수는 있다."

레야는 혼의 말에 침을 꼴깍 삼켰다.

"그래 줄 건가?"

"그 편이 나도 안전하고, 너도 안전하다."

혼은 그렇게 말한 뒤 침대에 가서 앉았다. 이제부터는 완전히 영섭처럼 행동해야 하는 것이었다. 주점에서 본 그의 성격과 인간관계를 전부 생각해 내어 캐릭터를 만든다.

"하루 정도는 안 부르겠지."

현재 혼은 큰 상처를 입고 방에 들어가 있는 환자다. 적어도 하루 정도는 아무도 들어오지 않을 것이다. 레야 또한 긴장이 좀 풀렸는지 의자에 앉아 한숨을 내쉬었다. 혼은 일단 붕대를 얼굴에 감았다.

적어도 이틀 정도는 감고 다닐 수 있을 것이다. 혼은 이불 속으로 들어가 눈을 감았다.

"옷은 입지 마라. 여차하면 투명화를 해야 하니."

"알고 있어."

레야는 그렇게 말하며 동시에 눈을 감았다.

그 시각, 신은 시체를 묻는 장소로 향했다. 넘버 11, 묘지기는 바이샤 둘과 함께 성채 근처의 쓰레기장에서 시체를 처리하고 있었다. 신은 땅을 다 파고 시체를 넣으려는 남자들에게 말했다.

"잠시!"

신은 시체를 구덩이로 넣기 전에 외쳤다. 그러자 넘버 11번, 흑인 남자가 꼿꼿이 서며 말했다.

"신 대장님. 어쩐 일이십니까?"

"확인해 볼게 있다."

신은 시체로 다가가 시체가 입고 있는 옷을 보았다. 옷은 지급품이었기 때문에 소매 뒤쪽이나 발목 부분에 이름이 적혀있었다. 이는 혹시나 지급품을 잃어버리거나 했을 때 남의 것을 훔치지 못하도록 만들어놓은 장치였다.

'만약에 침입자가 이걸 모른다면.'

바이샤의 제복은 디자인이 전부 같았다. 만약에 침입자라면 처음에 뺏은 바이샤의 옷을 입고 있어야만 했다.

신은 재빨리 소매를 들쳐보고는 쯧하고 혀를 찼다. 옷의 주인은 처음에 죽은 그 바이샤가 맞았다. 그렇다면 이것은 정말로 침입자의 시체인 것인가.

신은 자리에서 일어나며 말했다.

"처리해라."

11번 흑인 남자는 데몬즈식 경례를 하며 말했다.

"레즈 라쿰."

신은 옷을 확인했음에도 아직 의심을 버리지 않았다. 얼굴을 난도질 해놓은 것에서 오는 아주 단순한 의구심이었지만 그것은 마치 중독성 있는 노래처럼 신의 머리에서 떨어져나가질 않았다.

"왜 난도질을 했을까."

싸우다가 그랬다. 너무 맘 편한 해석 아닌가? 이 미궁에서 언제부터 그렇게 맘 편하게 생각하는 버릇이 든 것일까. 이곳 데몬즈의 길드원들은 1년간 바뀌지 않았다. 1년간의 평화. 누려오기만 하는 생활.

신은 아직 자신이 전장 한복판에 있다는 것을 잊지 않

았다. 자고로 미궁에서는 끊임없이 의심하는 습관을 가져야했다.

"왜 난도질을 했을까."

신은 구덩이로 들어가는 시체를 돌아보았다.

다음 날, 아침. 혼은 소매를 만지작거렸다. 역시나 이름이 적혀 있었다. 조금 수고를 들이더라도 바꿔 입은 것은 역시 정답이었다. 혼은 미리 구입한 모자와 안대를 쓰고 밖으로 나갔다. 그의 뒤를 투명상태인 레야가 뒤따랐다.

그 뒤, 혼은 본격적으로 성 내부를 살피기 시작했다. 성내는 네모난 부지에 6개의 길로 나누어져 있었으며 각 길마다 숙소, 혹은 주점, 창녀촌 등 바이샤와 크샤트리아를 만족시키기 위한 건물들이 배치되어 있었다.

출구는 가까이 가면 의심을 받을 테니 멀리서만 보았다. 벽에는 옆으로 나무를 만든 게이트를 설치해놨으며 그 앞을 바이샤 5명 정도가 지키고 서 있었다.

나무로 만든 문은 생각보다 두껍고 견고했다. 부수기에는 소리가 너무 클 거 같았고, 그렇다고 빠르게 넘기에는 시간이 좀 걸릴 것 같았다.

열든가, 다 죽이고 가든가.

혼은 수시로 출구 쪽을 지나다니며 교대시간을 체크했다.

"거기, 모자 쓴 놈."

그렇게 광장을 걸어가던 혼을 향해 누군가가 외쳤다. 신은 고개를 돌려 목소리의 주인을 쳐다봤다.

신.

데몬즈의 중국인 간부. 혼에게는 유일하게 안면식이 있는 간부였다. 더군다나 그의 행동이나 평가를 들어보니 성내에서 일어나는 분란이나 전투는 전부다 저 신이 관리하는 것 같았다.

혼은 약간 침울한 영섭의 목소리로 대답했다.

"네. 신 대장님."

이미 경례에 대한 정보수집이 끝낸 혼은 데몬즈 특유의 경례를 했다.

"라즈 라쿰."

"라즈 라쿰."

신은 대충 인사를 한 뒤 말했다.

"대화를 할 수 있을까?"

"가능합니다."

혼은 차렷 자세로 말했다. 신은 고개를 끄덕이고는 뒤를 돌아 걸어갔다.

혼은 신의 뒤를 따라가며 바쁘게 머리를 굴렸다. 잠입은 거의 완벽했다. 약간 의심을 살만한 부분도 있었지만 절대적인 강자의 위치에 있는 데몬즈가 신경 쓸 만한 것은 아니었다. 하지만 이 신이라는 남자는 혼의 예상보다도 더 신중했다.

'그래도 간부라는 건가.'

혼은 수신호로 검지를 살짝 들어보였다. 그것은 따라오지 말라고 레야에게 내리는 명령이었다. 레야는 한 10발자국 떨어진 뒤에서 혼의 뒤를 따라오던 중이었다.

그리고는 엄지와 검지, 그리고 중지를 펼쳤다. 이는 숙소로 돌아가 있으라는 것이다. 점심시간이라 숙소 근처에는 사람이 거의 없을 테니 투명상태로 가면 들킬 일도 없을 것이다.

레야가 알아들었는지 못 알아들었는지 혼은 확인할 수 있는 방법이 없었다. 어쨌든 신은 혼을 성벽 근처의 술창고로 향했다. 술창고를 지키고 있던 크샤트리아, 데몬즈의 길드원이 일어나 신에게 경례를 했다.

"라즈 라쿰! 무슨 일이십니까?"

"이 바이샤와 대화를 나누러 왔다."

"그렇습니까. 그럼 안으로."

14번 술고래가 창고의 문을 열어주었다. 안에는 탁자와 의자 두 개가 놓여 있었고, 그 옆으로 엄청난 양의 맥주통이 쌓여 있었다. 그리고 그 창고 바로 앞에는 맥주를 만드는 수드라들이 일하는 공장이 있었다.

혼은 안으로 들어가 의자에 앉았다. 신은 혼이 앉자마

자 입을 열었다.

"상처는 아직 안 나았나?"

"피는 멈췄습니다만 낫지는 않았습니다. 걱정해주셔서 감사합니다."

혼은 영섭의 성격을 파악했었다. 높은 직책의 사람들에게는 기고, 자신과 동급인 사람에게는 허세를 부리며, 낮은 이들은 무시한다. 그리고 자신의 이득은 어떻게든 챙기려고 하며 남의 이득은 안중에도 없다.

영섭은 소인배에 특화된 모습을 보여주고 있었다. 그리고 그런 사람은 샘플이 너무나도 많아 연기하기도 쉬웠다.

"단도직입적으로 묻지. 왜 그렇게 얼굴을 뭉개놨지?"

"죄송합니다."

혼은 크게 외쳤다. 일단은 사과부터 하는 것이 영섭의 성격일 것이다. 신은 고개를 절래 흔들며 말했다.

"아니야. 잠입한 놈을 잡았는데 죄송할 게 뭐 있나? 그저 그때 상황을 더 잘 알고 싶을 뿐이다."

신은 그렇게 말했지만 혼을 의심의 눈초리로 보고 있었다. 혼은 신이 아직까지도 의문을 품고 있다는 것을 알고 있었다. 하지만 그런 신에게도 확실한 증거가 없는 것이다. 심증은 있지만 입증할 방법이 없다.

이건 일종의 떠보기다. 혼은 완전히 영섭이 된 것처럼 어렵게 입을 열었다.

"그, 그게. 사실 그 우리 세실 누님이 예약 잡기가 힘들지 않습니까. 그런데 그걸 딱 잡은 날에 망할 침입자 놈 때문에 수색작업이나 하고 그래서 화가 나 있었습니다."

"그래서?"

"아, 이건 사업가님이 말하지 말라고……."

"비밀은 지켜주마."

신의 말에 혼은 머뭇거리다 말을 이었다.

"그래서 뇌물을 바치고 겨우 빠져나가서 딱 하려는 순간! 그 놈이 창문으로 들어온 겁니다. 뭐 수색작업에 쫓겨서 창녀촌으로 온 건지 뭔지는 모르겠지만 말입니다."

"그래서 얼굴을 뭉갰나?"

"첫 공격을 피하고 반격을 하는데 제가 무기도 안 가지고 가서 주먹으로 일단 대적했습니다. 그렇게 두들겨 팼는데도 맷집이 좋은지 계속 덤벼서 단검을 뽑아가지고 휘둘렀죠. 마지막에 방심만 안했어도 그 이상한 단검에 눈을 베이지는 않았을 텐데."

혼의 말을 가만히 듣고 있던 신은 팔짱을 끼며 한숨을 내쉬었다.

이해는 된다. 무기를 들고 있지 않았던 이 바이샤는 갑자기 나타난 침입자에 놀라서 맨손으로 응전했을 것이다. 맨손전투는 얼굴이 많이 망가진다. 실제로 뭉개진 얼굴은 주먹으로 인해 뭉개졌다고 봐도 무관했다.

그리고 단검.

아마 그렇게 패 죽일 정도라면 흥분이 끝까지 달아오른 상태일 것이다. 상대가 죽었어도 충분히 난도질을 할 만큼 정신이 나가 있었을 것이다.

그러나 뭔가 시원하지 않고 찝찝하다.

입증이라는 것은 굉장히 오묘하다.

절대적으로 땅에 묻힌 그 시체가 침입자라는 증거는 그 어디에도 없었다. 모든 정황에 반문을 댈 수 있기 때문이다.

죽은 바이샤의 옷을 입고 있었다. 하지만 그것이 바꿔 입은 것이라면?

수드라인 세실이 죽은 사람이 침입자라고 말했다. 위증이라면?

그러나 그렇다고 바이샤를 아무 증거 없이 죽일 수는 없었다. 바이샤까지는 한 식구로 만들자는 것이 한니발 길드장의 작전이었으니까. 만약 지금 이 앞에 앉아 있는, 침입자를 잡아 모든 바이샤의 수색작업을 끝내준 이 영웅을 단순한 의심 때문에 죽인다면 그건 공동체의 와해를 일으킨다.

"그렇단 말이지."

"죄송합니다."

"죄송할 필요 없다."

신은 그렇게 자리에서 일어났다.

"나중에 또 듣고 싶은 게 있으면 부르지."

"아, 잠시!"

혼이 벌떡 일어나며 말했다. 신은 의아하다는 듯 혼을 쳐다봤다. 혼은 삐죽거리며 맥주통을 보다 입을 열었다.

"제가 점수를 많이 썼음에도 어제 그 놈 때문에 거사를 치루지 못했단 말입니다. 혹시 신님이 예약을 좀 잡아줄 수 없을까…… 그런 생각을 했습니다."

"예약?"

"왜, 그 주점의 웨이트리스 말입니다. 세실이라고 하나. 분명히 오늘부터 또 선약이 있을 텐데, 이 신님 같은 간부님들의 예약이 우선시 되는지라. 하하."

혼은 민망하게 웃었다. 신은 피식 웃고는 말했다.

"오늘 저녁이 네 차례가 될 것이다."

"감사합니다."

혼은 꾸벅 고개를 숙였다가 든 뒤 손을 들어 데몬즈식 경례를 했다.

"라즈 라쿰!"

"라즈 라쿰."

신은 대충 대답을 한 뒤 밖으로 나가며 고개를 갸웃했다.

저건 아무리 봐도 생각 없는 바이샤의 모습이었다. 너

무 과한 생각이었을까. 침입자가 저 바이샤로 변장을 했을 것이라는 것은.

"후."

신은 벌떡 일어나 있는 술고래에게 말했다.

"예약 좀 잡아라. 오늘 밤, 주점 세실."

"네! 알겠습니다."

술고래는 크게 외치고는 경례를 했다.

"라즈 라쿰!"

❖

레야는 혼의 멈추라는 신호를 보고 멈춰 섰다. 거기까지는 좋았다. 하지만 그녀는 혼의 숙소로 가 있으라는 신호를 무시했다.

그녀에게는 이 성내로 들어온 이유가 있었다. 그것은 바로 그녀와 함께 뭣 모르고 이 성에 들어왔다가 함께 잡혔던 남자친구 니클라스 저맨이었다. 투명 능력이 있는 레야는 능력을 꽁꽁 숨기고 있다가 결정적인 순간에 탈출했지만 니클라스는 그러지 못했다.

레야는 니클라스를 구하기 위해 다시 성에 온 것이나 다름이 없었다. 그게 아니라면 이 지옥 같은 성에 왜 다시 오겠는가.

'니클라스를 찾아야 해.'

혼이 같이 행동을 해주겠다고 했지만 그만 믿고 살 수는 없었다. 당장 자신이 생각을 해보더라도 혼은 니클라스를 구한다는 어려운 임무를 맡을 이유가 없었다. 혼은 이제 거의 정찰도 끝이 났으니 빠져 나갔다가 동료들과 함께 저 출구만 넘으면 되는 것이었다.

가만히 있다가는 뒤통수를 맞는 곳이 이 미궁이다. 레야는 바삐 발을 움직여 수드라들이 일하는 곳을 둘러보았다.

'없어, 없어, 없어!'

한참을 돌아다녔지만 니클라스는 보이지 않았다.

설마 죽은 것일까? 광장에서 철거되는 시체를 바라보며 레야는 속으로 기도했다. 제발 죽지만 않았기를.

레야가 빠져나온 것은 약 2주전이었다. 다시 들어간다 하더라도 니클라스를 구출할 방법도 없고 강 건너로 넘어가 데몬즈의 성채를 공격할 사람들을 모으고 있던 것이다.

그 사이에 죽었을 확률도 꽤 높다. 수드라의 생명은 벌레만도 못하게 생각하는 것이 이 성내의 사람들이다.

레야가 주위에 아무도 없는 것을 확인하고 작게 한숨을 내쉬었다.

"이야, 이번에는 빨리 왔네."

지나가던 바이샤 한 명이 말했다. 레야는 바이샤들이 걸어가는 방향으로 따라가며 그들의 대화를 엿들었다.

"졸라 강한 거 만났나보지. 3000점 못 모으면 안 오잖아."

"겁나 죽어났겠네."

바이샤들은 혀를 차며 출구 쪽으로 갔다. 출구 쪽으로 간 레야는 의기양양하게 들어오는 아르민의 얼굴을 볼 수 있었다.

190은 우습게 넘기는 거구. 타는 듯한 붉은 머리와 넓은 어깨. 현실세계였다면 조폭이나 격투기 선수를 했을 것만 같은 남자였다. 그 뒤로는 전투 담당인 데몬즈의 길드원들과 바이샤들이 들어왔다.

그리고 살아남은 수드라들이 절뚝거리며 들어오고 있었다.

레야는 그 모습에 이를 갈았다. 수드라들은 모든 전투를 시작하는 역할이었다. 괴수들의 종류가 다양했고, 그에 따른 공략방법이 다 달랐다. 독을 뿜어내는 놈이 있는가 하면, 돌을 소환해 던지는 놈도 있었다.

수드라는 괴수들의 능력을 알아보는 일종의 고기방패 역할이었다. 살아 돌아오는 것 자체가 기적인 그런 상황.

그 안에 니클라스가 있었다.

레야는 입을 손으로 틀어막았다. 당장이라도 소리를 지를 것 같았기 때문이다. 멋있었던 니클라스의 금발머리는 태양열에 타버린 잔디처럼 거칠었고, 항상 마주쳤던 눈빛에는 생기가 없었다.

니클라스는 그렇게 걸어오다가 풀썩 쓰러졌다. 그러자 옆에 있던 바이샤가 니클라스의 복부를 걷어찼다.

"뭐하냐? 일어나라."

"쿨럭. 쿨럭."

니클라스는 기침을 하며 일어났다. 레야는 차마 그 모습을 보지 못하고 고개를 돌렸다. 함께 버티자고 했던 니클라스는 2주 만에 완전 폐인이 되어있었다.

아르민을 비롯한 크샤트리아, 그리고 바이샤 계급의 남자들은 파티 한가운데에서 고개를 구워먹으며 무용담을 뽐내고 있었다. 함께 갔던 수드라들, 그 중 살아남은 두 남자는 구석에 앉아 푸석푸석한 빵을 먹으며 살점이라고는 하나 없는 뼈를 빨고 있었다.

레야는 게걸스럽게 먹는 니클라스의 옆에 가서 앉았다.

'왜?'

니클라스는 자존심이 있었다. 2주전까지만 해도 저들이 시키는 것을 어쩔 수 없이 따르긴 했지만 언젠간 저 자식들을 죽이겠다는 그런 눈빛을 하고 있었다.

지금은 그저 먹을 것에 행복해하는 짐승과도 같았다.

레야는 눈물이 흐르자 깜짝 놀라며 닦아냈다. 만약에
땅에 떨어지기라도 한다면 자국이 남기 때문이다.

하지만 눈물은 멈출 줄 몰랐다. 언제나 듬직했던 친구
였다. 미궁에 들어와 처음 만나 힘든 길을 의지하며 지내
온 사람이었다. 그런 사람이 완벽하게 페인이 된 것이다.
레야는 이를 악물고 일어나며 생각했다.

'꼭 데리고 나가 줄게.'

레야는 그렇게 혼이 있을 숙소로 향했다.

혼은 이미 들어와 숙소에 들어와 있었다. 안에 레야가
없는 것을 눈치 챈 혼은 문을 살짝 열어놓아 레야가 투명
인간 상태로 들어올 수 있게끔 만들어 주었다. 덕분에 레
야는 쉽게 숙소 안으로 들어올 수 있었다.

"왔나?"

레야가 한 걸음 들어왔을 뿐인데 혼은 그것을 알아차리
고 말했다. 레야는 발을 멈추고 한숨을 내쉬었다.

"미안."

혼은 걸어 나와 문을 닫고는 다시 의자에 가서 앉았다.
레야는 마치 혼날 것을 기다리는 어린 아이처럼 혼을 쳐
다보며 쭈뼛쭈뼛 서 있을 뿐이었다. 물론 혼이 그 모습을
볼 수는 없었지만.

"그래서 보고 왔나?"

혼은 다 안다는 듯이 말했다.

사실 레야가 이 성에 놓고 온 것이 동료라는 것은 쉽게 알 수 있었다. 아무리 군주기 같은 것이라 하더라도 목숨보다 소중할리는 없었다. 차라리 다시 성으로 들어오는 것보다 사람들을 모아 거북이를 뚫고 나가버리는 편이 레아 입장에서는 더 쉬웠을 것이다.

그렇다면 자기 목숨보다 소중한 누군가를 구하려 왔다고 밖에 생각할 수 없다. 물건은 그 정도가 될 수 없으니까.

"데리고 나갈 거야."

레야가 잠시 생각하다가 말했다.

"도와줬으면 해."

"짐이 안 되는 놈이라면."

혼은 생각할 것도 없다는 듯이 말했다.

"그리고 한번이라도 더 개인행동을 하면 죽이겠다."

그렇게 말하며 혼은 투명상태로 있는 레야의 바로 앞에 섰다. 레야는 그런 그를 올려다보다가 시선을 내리 깔았다.

자기 자신이 현재 투명상태라는 것도 잊게 만드는 시선이었다. 혼은 레야의 눈을 정확히 마주치고 말했다.

"알겠나?"

"알았어."

레야는 고개를 숙이고는 모포를 몸에 두르고 투명화를 풀었다.

혼은 진심이었다. 진심으로 다음 개별 행동을 할 때는 죽이겠다고 말한 것이었다. 레야는 아무 말 하지 않고 침대 밑에 누워 조용히 모포를 머리 위까지 덮었다.

❋

다음 날, 혼은 레야와 함께 나가 수드라들을 살폈다. 아침부터 일을 하고 있는 니클라스를 발견한 레야는 혼에게 말했다.

"저기 금발 남자가 니클라스야."

"기다려봐."

혼은 니클라스에게 다가갔다. 현재 혼의 계급은 바이샤. 수드라인 니클라스는 혼을 발견하자마자 허리를 숙이며 고개를 조아렸다. 혼은 살짝 인상을 쓰고는 영섭처럼 까불거리며 말했다.

"이야, 너 살아 돌아왔네. 명줄 졸라 질기다. 그지?"

혼은 니클라스의 뺨을 두 대 정도 친 뒤 그의 턱을 들어 눈을 마주쳤다.

'분노가 없다.'

분명 혼은 짐이 아니라면 데리고 탈출을 하겠다고 했다. 그러나 지금 니클라스는 이런 개같은 취급을 받고도 전혀 분노하거나 슬퍼하지 않았다.

아니, 그냥 감정의 변화가 없다고 하는 편이 정확할 것이다. 이는 두 가지 케이스로 이해가 된다.

진정한 노예가 되었거나, 정신줄이 끊어진 것이다.

진정한 노예는 주인이 시키는 대로 움직인다. 그렇기 때문에 레야가 아무리 탈출을 하자고 끌고 나와 봤자 이 남자는 절대로 안 된다며 억지를 쓸 것이다. 정신줄이 끊어졌다면? 말 그대로 장애인이다.

이건 데리고 탈출할 수 없다. 잠입보다는 탈출이 쉽지만 이런 인간 같지도 않은 것을 데리고 갈 만큼 호락호락한 일이 아니었다. 그 무엇보다 간부 중 한 놈이 이미 혼을 의심하고 있는 상황. 어떤 변수가 펼쳐질지 모른다.

혼은 남자를 놔두고 다시 레야가 서 있는 곳으로 와 섰다.

"정말로 데려가야겠냐? 저건 네가 알던 그 남자가 아니다."

"그래도, 그래도 가야 돼."

"나는 분명 짐짝이 되지 않는 한 데리고 가겠다고 했다."

혼의 말에 레야는 아랫입술을 깨물었다. 혼의 말대로 니클라스는 예전의 그 멋있던 니클라스가 아니었다. 지금은 그저 노예가 되어버린 짐승만도 못한 인간이었다. 허나, 그럼에도 레야는 그를 저 지옥 같은 생활에서 빼내주고 싶었다.

"정신을 차리면 또 모르겠지만. 그럴 가능성은 없다. 포기해라."

혼은 레야에게 사형선고를 내리듯 말한 뒤 멀리 걸어갔다. 레야는 그 자리에 남아 한참을 니클라스를 쳐다보고 있었다.

NEO MODERN FANTASY STORY & ADVANTURE

메이즈
헌터

Maze Hunter

7

스윈던에서 가장 호화로운 집. 그래봤자 나무로 만들어진 것이었지만 수많은 장식과 탄탄한 원목으로 지어져 고급 별장느낌이 나는 곳.

그곳이 스윈던 간부들이 지내는 집이었다.

한니발은 소파에 앉아 다리를 꼬고 책을 보다가 신이 들어오자 입을 열었다.

"침입자 잡혔다며?"

한니발의 말에 신이 고개를 끄덕이다가 몸을 돌렸다.

"정확히는, 모르겠다."

"모르겠다니?"

한니발은 흥미롭다는 듯이 책을 덮고 신을 쳐다봤다.

신이라는 남자는 한니발과 미궁의 시작부터 함께 해온 사람이었다. 처음 한니발에게 전투능력이 별로 없을 때, 원래부터 무술을 하던 신은 큰 힘이 되어줬다.

신은 한니발의 앞에 가서 앉으며 말을 이어갔다.

"수상한 놈이 있긴 한데, 심증 밖에 없다."

신의 말에 한니발은 피식하고 웃었다.

"그냥 죽이면 되지 뭐가 걱정이야?"

"바이샤다."

"바이샤, 그래. 크샤트리아면 조금 조심스럽긴 하지. 어쨌든 우리 길드니까. 하지만 말이야, 바이샤도 결국 소모품이야."

한니발은 킥킥거리며 웃다가 말했다.

"수상한 놈이 누군데? 내가 가서 볼게."

"모자를 쓰고 다니는 놈이 있다. 침입자에게 당한 상처가 안 낫는다고 하더군."

한니발은 책을 덮고는 일어나 기지개를 폈다.

"그거 누구씨 무기랑 되게 비슷한 거네."

신은 조용히 앉아있었다. 한니발은 밖으로 나가기 위해 발걸음을 옮기다가 다시 몸을 돌리며 말했다.

"아, 맞아. 아르민도 깨워. 이 새끼 안 일어나네."

신이 고개를 끄덕이는 것을 본 한니발은 그대로 문을 열고 밖으로 나갔다.

한니발의 1번이 보이자 지나가는 크샤트리아, 그리고 바이샤들이 하나 같이 경례를 하며 외쳤다.

"라즈 라쿰!"

한니발은 손동작만 하며 여기저기를 걸어 다녔다. 그리고 저 멀리 모자를 쓴 남자가 한니발의 시야에 들어왔다. 한니발은 곧장 모자를 쓴 남자에게로 걸어가 말했다.

"자네가 침입자를 잡은 그 바이샤인가?"

혼은 탈출루트를 보고 있던 참이었다. 혼은 자신에게 말을 건 외국인 남자를 살짝 보았다.

"라즈 라쿰."

혼은 곧장 꼿꼿하게 서며 경례를 했다. 크샤트리아? 옷을 보면 일단 데몬즈의 길드원 중 한 사람이었다. 정면에서는 번호가 보이지 않았지만 혼은 남자와 시선을 나누고 바로 그 남자의 번호를 알 수 있었다.

이건 1,2,3번 중 하나다.

신이 3번이었고, 사냥에서 돌아왔다는 아르민이 2번이었으니 지금 이 앞에 있는 남자의 번호는 십중팔구 1번일 것이다. 즉 데몬즈의 길드장.

'야단났군.'

신의 의혹이 이렇게까지 빠르게 길드장을 불러낼 줄은 몰랐다. 한니발은 미소를 지으며 혼을 보더니 손을 내밀었다.

"큰 공을 세웠어. 아주 큰 걸로 말이야."

"감사합니다."

혼은 힘차게 말하며 한니발과 악수를 했다.

한니발은 다른 사람들과 느낌이 달랐다. 이 남자에게서는 어떠한 감정도 느껴지지 않았다. 공을 세웠다고 말은 하고 있지만 전혀 축하하는 것이 아니다. 한니발의 시선이 혼에게 꽂혔고 혼은 덤덤하게 버텨냈다.

"그럼 수고해라."

한니발은 뒷짐을 지고 혼에게서 멀어졌다. 혼은 인상을 쓰며 속으로 중얼거렸다.

'나가야겠군.'

한니발은 곧장 신이 있는 간부들의 집으로 향했다. 한니발은 들어가자마자 소파에 앉아있는 신에게 다가갔다.

"죽여."

한니발은 간단하게 말했다. 신은 한니발을 슬쩍 보더니 고개를 끄덕였다. 한니발은 소파 앞의 테이블에 놓인 주스를 만지작거리며 말을 더했다.

"보통 놈 아니네. 내가 저런 놈을 안 죽였을 리는 없고. 그냥 죽이자."

한니발은 잡혀온 사람들 중 길들일 수 없는 놈들은 전부다 그 자리에서 죽였다. 사람들을 많이 봐온 정신과 의사인 한니발이니 가능한 일이었다.

그 모자를 쓴 바이샤는 흔하디흔한 쓰레기가 아니었다. 비열하고, 자기 이득만을 생각하는 놈들을 바이샤로 만든 한니발이었다. 스스로가 똑똑하고 손익에 밝다고 생각하는 놈들이 오히려 더 다루기 쉽기 때문이었다.

"연기를 하는 거 같기도 하고, 아닌 거 같기도 하고. 나도 잘 모르겠단 말이야."

"그런가?"

신은 의아하다는 듯이 고개를 갸웃거렸다. 아까는 보통 놈이 아니라고 하지 않았던가.

"그래, 내가 모르겠는 사람은 처음이거든. 그러니까 보통 놈이 아니지."

한니발은 킥킥거리며 말했다. 뭔지 모를 때는 그냥 제거를 해버리면 된다. 바이샤 하나가 아까운 상황은 아니었으니까.

"몰래 제거해. 침입자를 잡은 분이니까."

신은 고개를 끄덕였다.

"그리고 저 멀리 있는 놈들도 죽여야겠어."

한니발은 뒤로 기대며 말했다. 강 건너편에 있는 놈들은 무시할 생각이었지만 이렇게 공격을 했다면 말이 다르다. 게다가 저 놈들이 저렇게 계속 버티고 있으면 수드라의 공급이 원활하지 않을 가능성이 높았다.

"대군으로 가면 도망칠 텐데."

"대군으로는 안 갈 거야."

대군으로 움직일 경우 녀석들의 능력에 표적이 되기도 하고, 안전지대 밖으로 도망을 칠 수도 있었다.

그곳에는 거북달팽이가 있었다. 워낙 랜덤하게 튀어나오는 놈이라 위험을 감수하면서까지 녀석들을 쫓아갈 수는 없었다. 물론 밖으로 도망친 놈들도 위험하겠지만 살아남아 미궁 어딘가에 자리를 잡는다면 수드라의 공급이 끊겨버릴 수도 있었다.

"확실하게 죽이려면 몰래 가야지."

한니발은 한숨을 쉬며 천장을 바라봤다.

"귀찮네. 어쨌든, 신. 부탁한다."

신은 고개를 끄덕이고는 집 밖으로 나갔다.

❖

혼은 한니발을 만난 뒤 레야에게 오늘 밤 떠난다고 말했다. 갑작스러운 탈출 명령. 그 말을 들은 레야는 급해졌다. 니클라스를 데리고 가기 위한 준비가 아직 하나도 안 되어 있는 상황이었기 때문이다.

그날 밤, 레야는 혼이 말한 시간 전에 니클라스에게로 향했다. 니클라스는 수드라들의 숙소에서 가만히 앉아 있었다. 레야는 주변을 둘러보다 다른 수드라가 없다는 것

을 깨닫고 니클라스에게 모습을 드러냈다.

"니클라스."

레야는 급하게 외쳤다. 니클라스는 레야를 보더니 화들짝 놀란 얼굴로 말했다.

"으으, 왜?"

"구하러 왔어. 빨리 빠져나가자. 오늘 밤 성벽으로 가야 돼."

니클라스는 레야의 말에 정신 줄을 놓은 사람처럼 피식 웃으며 고개를 절레 흔들었다.

"아, 안 돼. 잡힐 거야. 맞을 거야. 너, 너도 잡힐 거야!"

니클라스는 부들부들 떨며 머리를 부여잡았다. 얼마나 많이 맞았을까. 레야는 몸이 재산인 여자였고, 또 똑똑했기 때문에 복종 하는 척을 했다. 그러나 복종하지 않으려 했던 수많은 수드라들은 모진 고문을 당해 노예로 세뇌를 당했다.

니클라스는 레야가 떠난 뒤, 여자 친구가 떠났다는 죄로 1주일간 고문만 당해왔다. 제 아무리 초인이더라도 정신이 무너질 수밖에 없었던 것이다.

"가자, 빨리."

레야는 급히 니클라스의 팔을 끌었다. 그러나 니클라스는 그런 레야를 밀쳐냈다.

"꺼지라고! 죽기 싫어. 죽을 수 없어. 죽을 수는……."

니클라스는 움직이지 않았다. 그리고 그러는 사이 소란을 들은 다른 수드라들이 집으로 들어왔다. 레야는 투명화를 써서 몸을 숨긴 뒤 니클라스를 쳐다보고만 있었다.

이대로라면 니클라스를 버리고 갈 수 밖에 없었다. 레야는 눈을 질끈 감았다. 혼과 함께 자신만 빠져나갈 것인가 그게 아니라면 어떻게든 혼자 니클라스를 살릴 것인가.

혼은 니클라스가 짐이 될 경우 데리고 가지 않겠다고 했다. 이건 짐 수준이 아니었다. 니클라스를 데리고는 제대로 된 탈출을 할 수 없을 것이라는 것에 레야도 동의할 수밖에 없었다.

그럼 니클라스를 구할 방법은 없다는 것인가. 이대로 두고 나가면 니클라스는 계속해서 사냥에 고기방패로 끌려 나가 죽을 운명이다. 그렇게 놔둘 수는 없다. 언젠가 정신이 돌아올지도 모르지 않은가.

그렇게 고민을 하던 레야는 한 가지 묘수를 떠올렸다.

'그래, 어차피 모르는 사람들이야.'

내키지는 않지만 방법이 없다. 레야는 그렇게 생각하며 자리에서 일어나 간부들이 사는 집으로 향했다.

간부들이 사는 집에서 들어간 레야는 소파에 앉아있는

한니발을 발견했다. 레야는 심호흡을 작게 하고는 한니발의 앞으로 걸어갔다. 한니발은 레야가 투명을 풀기도 전임에도 책을 덮어 레야를 올려보았다.

"용건은 뭐지?"

한니발은 당황한 기색이 없었다. 마치 레야가 올 것을 예측이라도 했다는 듯이. 레야는 이 남자가 미소를 머금은 얼굴 이외의 얼굴은 본 적이 없었다.

레야는 투명화를 풀었다.

"거래를 하러 왔다."

한니발은 고개를 끄덕이더니 손을 들며 말했다.

"말해봐라."

레야는 심호흡을 했다. 오면서 니클라스를 위해 나쁜 역할은 해주겠다고 생각한 그녀였다.

"여기 성내로 들어온 침입자는 아직 죽지 않았다. 침입자를 알려 줄 테니 나와 니클라스를 바이샤로 만들어줘라."

한니발은 레야의 말에 빙긋 웃었다. 레야의 입꼬리도 한니발을 따라 올라갔다. 괜찮은 정보일 것이다. 이미 잡았다고 생각한 침입자가 살아있다는 것만으로도 한니발은 충격을 먹지 않았을까.

하지만 거짓말처럼 한니발은 정색을 하며 말했다.

"끝이야?"

한니발의 말에 레야는 당황해하며 말을 이어가지 못했다. 끝이냐니, 더 뭘 원한다는 것인가. 아니, 그것보다 죽었던 침입자가 살아있다는 것을 말해줬음에도 왜 이렇게 한니발은 침착한 것일까.

한니발은 벌떡 일어나 레야를 내려 보았다.

"그게 끝이면 안 되는데. 왜냐면 이미 알고 있었거든."

한니발은 씩 웃었다. 레야는 대답을 하지 못했다. 아랫입술이 파르르 떨렸다. 이미 알고 있었다고? 그래서 혼이 오늘 급하게 탈출을 계획한 것일까? 그건 알 수 없지만 협상은 이미 결렬된 것이다.

레야는 급하게 투명상태로 사라져 도망을 치기 시작했다. 무기를 들 수는 없었다. 무기를 들면 무기가 보이기 때문에 한니발을 따라온다. 원(元)을 가지고 있다는 한니발에게 레야가 이길 가능성도 제로에 가깝다.

'망할. 일단은 후퇴라도 해야……'

한니발은 멀어지는 발소리를 들으며 머리를 긁적였다.

"귀찮게스리."

한니발은 손을 앞으로 내밀더니 살짝 중얼거렸다.

"원(元)."

그러자 집안 살림들을 비롯한 모든 것들이 한니발의 손 앞으로 모이기 시작했다. 도망치던 레야는 갑작스럽게 몸이 뒤로 빨려 들어가는 것을 느끼고는 땅바닥을 양 손으로 잡았다. 그러나 강력하게 빨아드리는 힘에 의해서 공중에 떠버렸다.

"이런!"

레야는 고개를 뒤로 돌렸다. 소파를 비롯한 수많은 물건들이 공중에 뭉쳐있었다. 레야가 날아가는 곳, 그곳에는 날이 선 검이 꼿꼿이 선채 레야를 기다리고 있었다.

"까아악!"

검이 레야의 몸을 꿰뚫었고, 한니발은 손을 내렸다. 엄청난 기세로 한 점을 향해 빨려 들어가던 물건들은 언제 그랬냐는 듯 바닥에 떨어졌다. 한니발은 레야의 시체 앞으로 가 발로 슬쩍 들어 보이더니 말했다.

"후, 아르민. 일이다. 일. 오랜만에 둘이 싸우러 가야겠다."

한니발이 말하자 방 건너편에서 전투를 보고 있던 아르민이 웃으며 걸어 나왔다. 그는 아깝다는 듯이 레야의 시체 앞으로 가 말했다.

"뭐야, 이거. 이거 예뻐서 들어왔을 때 내가 데리고 논 애잖아."

아르민은 입맛을 다시며 말했다.

"도망가서 아쉬웠는데 이제 시체네. 쩝."

"여자는 거기도 있다고 하더라."

한니발의 말에 아르민이 낄낄거리며 일어났다.

"크~ 역시 대장 뭘 좀 알아. 죽이지 마."

"네가 제압하면 안 죽을 수도 있지. 가자고."

한니발은 그렇게 말하며 간부들의 집을 나섰다.

❖

그 시각, 수드라들의 숙소. 돌침대 위에서 담요를 깔고
잠시 눈을 붙이고 있던 니클라스는 안 좋은 꿈자리에 눈
을 떴다.

"레야."

니클라스는 작게 자신의 여자 친구의 이름을 불렀다.
여자 친구가 찢겨 죽는 꿈. 꿈 안에서의 자신은 여자 친구
를 아끼고 사랑하던 예전 그 모습이었다.

레야는 자신을 탈출시키기 위해 이 생지옥으로 다시 들
어왔다. 그럼에도 자신은 그 레야를 밀쳐내고 무시했다.

레야. 소중한 여자친구. 이 지옥에서 살아 돌아갔음에
도 자신 때문에 와준 사랑하는 여자친구.

니클라스는 그대로 일어나 밖으로 나왔다. 무작정 레야
를 찾아야겠다고 생각했다. 그는 이미 바이샤들에게 들키
거나 크샤트리아들과 마주칠 것이라는 생각은 하고 있지
않았다. 그저 미친놈처럼 레야를 찾기 위해 이곳저곳을
들쑤시고 있었다.

"레야. 레야. 레야."

니클라스는 아직도 미쳐있었다. 그는 그저 레야를 찾아 탈출을 해야 한다고 생각하고 있을 뿐이었다.

같은 시각, 주점의 웨이트리스, 세실은 한숨을 내쉬었다. 벌써 9시, 다시 퇴근 시간이 되었다. 역시나 예약은 잡혀 있었다. 어제는 영섭, 아니, 이 성을 잠입한 겁 없는 남자에게서 예약이 들어왔지만 그는 그저 가만히 앉아 있다가 떠났다.

'물어보고 싶은 말이 많았는데.'

세실은 앞치마를 벗고 다시 창녀촌으로 향했다. 맞지 않고, 예약 손님 외에는 자지 않아도 되는 생활. 수드라 중에서는 귀족등급이라고도 할 수 있는 생활이었다. 이 생활이 익숙해지고 있다는 자신이 너무나도 싫었지만 어쩔 수 없었다.

그렇게 창녀촌을 걸어가던 세실은 앞에서 절뚝거리며 걸어오는 수드라 남자를 쳐다봤다.

'그래도 저들보다는 살만하다.'

세실은 그런 생각을 하는 자신이 마음에 들지 않았다. 허나 그렇게 더 밑이라도 보지 않으면 살아갈 수 있는 희망이 없었다.

그 잠입한 남자한테 데려가 달라고 부탁이라도 했어야 했을까.

"후."

세실은 깊은 한숨을 쉬었다.

"⋯⋯레야?"

옆으로 지나가던 수드라가 세실의 손목을 갑작스럽게 움켜쥐었다. 세실은 화들짝 놀라 남자를 쳐다봤다.

초점이 풀린 눈동자, 더럽게 난 수염. 남자는 기괴하게 웃으며 고개를 끄덕였다.

"레야다. 레야지? 그지?"

"왜, 왜 이러세요? 잠깐만요."

세실은 남자의 손을 뿌리치려고 했다. 하지만 남자의 힘은 세실보다 훨씬 강했다. 미친 사람은 힘도 강하다 하지 않던가. 세실은 온 힘을 다했지만 결국 니클라스의 손에 이끌려 끌려갔다.

"잠깐! 잠깐만!"

세실은 끌려가면서도 연신 버티려고 노력했다. 그때 니클라스가 말했다.

"성벽, 성벽으로 가자. 거기가면 탈출할 수 있지? 그지?"

세실은 그 말에 순순히 니클라스를 따라가기 시작했다.

'탈출?'

탈출할 계획을 세울 수 있는 수드라는 존재하지 않았다. 가장 감시를 소홀하게 받는 세실조차 탈출은 상상도 하지 못한 것이었다. 그렇다면 지금 이 남자가 말하는 탈출은 잠입한 그 남자가 계획한 것임이 분명했다.

레야라는 여자.

모르긴 몰라도 그 여자는 잠입한 남자의 동료가 아닐까. 지금 이 미친 남자가 자기를 왜 레야라는 여자라고 부르며 데리고 가는지는 모르겠으나 이것은 찬스일 수도 있었다.

탈출을 할 수 있는 찬스.

그리고 그 남자를 한 번 더 볼 수 있다. 예약까지 잡았으면서 그냥 의자에 앉아 자고 있던 그 남자. 바이샤를 한 번에 제압을 했던 그 남자.

세실은 혼을 생각하며 그대로 걸어갔다.

이상하게도 성벽 근처에는 그 흔한 바이샤 하나 보이지 않았다. 니클라스는 의기양양하게 성벽 위로 올라갔다. 세실은 성벽 위의 보초가 걱정이 되었지만 어디까지나 자신은 끌려온 입장이었다.

예상과는 다르게 그 어디에도 보초는 서 있지 않았다. 니클라스는 마치 벌써 탈출이라도 한 듯 양팔을 세실을 보며 웃었다.

"레야아, 레야아! 탈출이야! 탈출! 씨발 탈출했다고!"

니클라스는 마치 미친 사람처럼 말을 이어갔다.

"자, 이제 탈출하는 방법을 알려줘. 빨리!"

이 무슨 미친 소리인가. 아니, 미친 사람인건 알겠지만 세실이 탈출하는 방법 따위 알 리가 없지 않은가. 세실은 멍하니 니클라스만을 쳐다봤다. 기대했던 혼도 이곳에 없었다.

"몰라? 레야아. 성벽으로 가면 있다며!"

니클라스가 크게 외쳤다. 세실은 두려움이 담긴 눈으로 니클라스를 쳐다보다가 억울하다는 듯 외쳤다.

"난 레야가 아니야!"

"뭔 소리야? 레야. 정신 차려."

정신은 그쪽이나 좀 차렸으면 좋겠다. 세실은 니클라스에게 잡히지 않은 손으로 이마를 짚었다.

"수드라가 여기서 뭐하는 거지?"

그때, 저 멀리서 들린 목소리에 세실과 니클라스의 고개가 돌아갔다. 그곳에는 어찌 된 일인지 신이 긴 머리를 휘날리며 서 있었다. 신은 두 사람을 보며 인상을 찌푸리더니 걸어왔다.

"수드라가 왜 여기 있는지 대답을 해라."

세실은 할 말을 잊은 채 가만히 서 있었다. 신이다. 데몬즈의 간부 중 넘버 3. 성내의 치안과 규율을 담당하는 사람. 이 사람에게 걸린 이상 탈출은 끝이나 다름없었다.

니클라스는 벙어리처럼 입을 다물고 바들바들 떨었다.

수많은 바이샤와 크샤트리아의 정점에 있는 사람. 수드라인 니클라스에게는 무조건 복종하고 따라야 하는 사람이었다. 자신이 당했던 고문들이 일순간에 떠오르며 그의 정신을 좀 먹었다.

니클라스는 다시 페인처럼 눈이 돌아갔다. 레야를 찾겠다던 일념은 머릿속에서 지워진지 오래였다. 니클라스의 뇌에는 무조건 신에게 복종을 해야 한다는 생각만이 떠올랐다.

신에게 복종하기 위해서는 어떻게 해야 하는가. 그것은 침입자인 레야를 고발하는 것이었다. 니클라스는 곧바로 넙죽 엎드리더니 말했다.

"신 대장님! 이년이 이 성내를 잠입한 침입자와 한패입니다."

빠른 태세전환. 세실은 어이가 없어 그대로 굳어버렸다. 허나 빠르게 변명을 해야만 했다. 이대로 침입자로 찍혀버리면 그 앞은 죽음뿐이다.

"아, 아닙니다."

"맞습니다. 이 년이 과거 제 여자 친구였던 레야입니다!"

니클라스는 목에서 피가 나오도록 외쳤다.

니클라스는 세실을 여자 친구인 레야로 생각하고 있었다. 그럼에도 그는 진심으로 여자 친구를 팔고 있었다.

세실은 이를 악물었다. 여자 친구라며 그렇게 찾아 헤맬 때는 그래도 막무가내지만 나쁜 사람은 아니라고 생각했다. 자신을 여자 친구로 착각을 했을 뿐 비열한 인간은 아니라고 생각했었다.

하지만 이미 벌어진 일. 세실은 작게 숨을 내쉬며 신을 쳐다봤다.

"저 남자의 말이 맞던 틀리던, 탈출을 시도했다는 것부터 사형이다."

역시나 신은 룰대로 사형을 선고했다. 세실의 입장에서는 이제 살아남을 방법은 저항하는 것, 그 하나 밖에 없었다.

하지만 어떻게? 이미 창고는 텅텅 비었고, 점수도 없어무기를 살 수도 없었다. 각성의 정도도 퍼스트 마스터. 능력은 오감강화.

시각, 촉각, 후각, 미각, 그리고 청각을 강화시키는 능력이었다. 하지만 그런 능력으로는 신을 상대로 1초도 버틸 수 없었다. 고작 오감이 강화되어 봤자 신체적인 능력이 올라가는 것은 아니었으니까.

신은 정말로 죽일 기세로 세실에게 달려들었다. 세실은 오감을 극대화시켜 공격을 예상하고 뒤로 물러났다. 그러나 간발의 차이. 입고 있던 옷이 찢어져 옆으로 갈라졌다.

세실은 낭패감 서린 얼굴로 신을 쳐다봤다.

운이 좋아 처음은 피했다. 앞으로 몇 번을 더 피할 수 있을까?

혼은 오지 않을 것 같다. 이 미친놈의 말을 믿은 것이 잘못이었다. 여자 친구도 제대로 못 알아 볼만큼 제정신이 아닌 남자였다. 아니, 그 여자 친구라는 것이 존재하기는 하는 것일까.

신은 사정을 봐주지 않았다. 세실은 생존을 위해 오감을 강화시켜 열심히 피해보았지만 점점 더 구석으로 몰릴 뿐이었다.

그러나 세실은 포기하지 않았다. 지금까지 무엇을 위해 생존을 했던가. 무엇을 위해 그 치욕을 전부 받아내며 계속 살아갔던가. 그것은 이 데몬즈가 떠난 뒤 어수선한 상황에서 성을 떠나기 위한 것이었다.

죽을 수 없다. 지금까지 견뎌왔던 것이 아까워서라도 죽을 수 없었다.

그러나 간절하다고 모든 것이 이루어지면 세상에 불행한 사람이 어디 있을까. 신의 검을 피해 뒤걸음질치던 세실은 살짝 튀어나온 돌에 걸려 엉덩방아를 찧었다.

"꺄악!"

세실이 넘어진 그 순간, 신은 자비 없이 검을 내려찍었다. 피할 수가 없다. 세실의 뇌가 피하라는 명령을 내리기도 전에 신의 검은 이미 떨어지고 있었다.

세실은 눈을 질끈 감았다. 그러나 베이는 느낌이 나기 전, 금속물체가 서로 부딪히는 소리가 났다.

　챙!

　세실은 눈을 떴다. 세실의 앞에는 키가 큰 동양인 남자가 서 있었다. 남자는 신을 밀어낸 뒤 앞차기로 신을 멀리 걷어찼다.

　저 멀리서 전투를 바라보던 니클라스의 동공이 날아가는 신처럼 튀어나올 듯 커졌다. 신은 데몬즈의 간부. 이성 최강의 3인 중 하나. 그 사람이 갑자기 튀어나온 바이샤에게 걷어차인 것이다.

　혼은 고개를 돌려 니클라스를 쳐다봤다. 니클라스는 씩 웃더니 고개를 딱따구리처럼 끄덕였다.

　"새, 새, 생각이 있었구나. 레야!"

　니클라스는 혼에게 기어오더니 말했다.

　"좋아. 탈출하자고. 탈출. 레야랑 같은 편인거지? 그렇지?"

　혼은 인상을 쓰고 니클라스를 쳐다봤다. 니클라스는 뒤를 돌아 성벽 끝으로 가며 말했다.

　"자, 어떻게 탈출해야 돼? 뭐 로프 같은 거라도."

　"어이."

　혼이 부르자 니클라스가 뒤로 돌았다. 혼은 그런 그의 안면에 주먹을 꽂아 넣었다. 니클라스는 말을 끝내자마자 꼴사납게 쓰러졌다. 레야가 도와준 것만 아니었다면 바로 목을 쳤을 것이다.

뭐, 살아있는 편이 더욱 더 고통스럽겠지만.

혼은 손을 털고는 세실에게 쳐다봤다.

"여기 왜 있는 거지?"

"아……."

세실은 멍하니 혼을 보았다. 죽었다고 생각한 순간, 한 줄기 구원처럼 혼이 나타났다. 세실의 눈에서 자기도 모르게 눈물이 한 방울 떨어졌다.

〈4권에서 계속〉

[화산검신], [곤륜용제], [무당괴공]의 작가 김태현
그가 선보이는 새로운 대작!

蒼天魔神
창천마신
김태현 무협 장편소설
ORIENTAL FANTASY STORY

잠룡비원의 보잘 것 없던 황룡관도 담천위!
그는 매일 꿈을 꾸며 개꿈이라 치부하지만
계속 되는 꿈으로 인해 그 꿈이
자신의 미래를 보여준다는 것을 깨닫게 되고
그로 인해 얻게 되는 기연과 인연들!

꿈, 숙원, 그리고 운명.
앞으로 뭐가 될지는 모르겠지만,
어 길 위에선 이상 끝까지 가 보련다.

미래를 보는 담천위가 만들어가는
가장 만족할 만한 자신의 인생이 시작된다